Ana Campoy

Les enquêtes d'Alfred et Agatha

La malédiction d'Amon-Râ

Traduit de l'espagnol par Martine Desoille

bayard jeunesse

Pour Irene Herrero,
parce qu'il ne pouvait en être autrement.
Et pour Carlota Echeverria,
qui appartient à la même espèce.

Prologue

Journal de William T. Stead
(sténographié)

Londres, 10 janvier 1902

Les évènements extraordinaires que je m'apprête à relater ici se sont déroulés il y a trois jours à Dublin, en Irlande. La nature des faits relève véritablement du roman d'horreur, mais j'espère que ce récit me permettra, ainsi qu'à quiconque lisant ces pages, de leur trouver une explication.

Je venais d'arriver de Londres après une longue traversée en bateau. J'avais entrepris ce voyage afin de réunir la documentation nécessaire à la rédaction de mon prochain article : un reportage sur les légendes folkloriques irlandaises. Cependant, malgré le caractère enthousiasmant de ma mission, j'étais fatigué, et d'une humeur de chien, quand je débarquai à une heure avancée de la nuit.

Mon vieil ami George, un chirurgien de renom, m'avait fort aimablement offert de m'accueillir chez lui, et j'avais d'autant plus volontiers accepté sa proposition que j'aimais beaucoup ses deux enfants, l'adorable Charlotte et le jeune Tom, qui, en plus d'être attachants, étaient parfaitement éduqués.

En arrivant au port, je sautai dans un fiacre, impatient de pouvoir ôter mes bottes qui me serraient les pieds et de me mettre à l'abri de l'incessant crachin qui me glaçait les os.

Je me réjouissais à l'idée de séjourner chez George. Je savais que nous allions avoir des conversations agréables, qui me distrairaient de mon travail et égayeraient les longues soirées passées loin de mon confortable foyer londonien.

Mais une fois sur le seuil, quand je vis la tenture noire au-dessus de la porte d'entrée, je compris qu'il y avait eu un décès dans la maison et que je ne pouvais pas tomber plus mal.

J'hésitai à frapper, puis décidai que la moindre des choses était de présenter mes condoléances à la famille. Je savais que la mère de mon ami était très âgée, et songeai que la froidure hivernale avait peut-être eu raison de sa santé.

Je gravis les marches du perron et tirai la sonnette. Dès qu'elle me reconnut, la gouvernante fondit en larmes malgré tous ses efforts pour garder contenance.

– Bonsoir, lui dis-je. J'ignorais que la maison était endeuillée. Et je crains que ma venue ne crée de l'embarras.

Sortant un mouchoir de sa poche, la brave femme s'essuya les yeux et murmura :

– Oh, mais non, monsieur Stead. Je crois au contraire que vous serez d'un grand réconfort à monsieur et madame en cette douloureuse épreuve.

Le chagrin de la brave femme était tel que je n'osai pas demander qui était mort, redoutant le pire. Mais quand les portes du petit salon s'ouvrirent et que je vis qui reposait dans le cercueil entouré de lis blancs, je compris la raison de son désarroi : c'était la jeune Charlotte !

On aurait dit une princesse de conte de fées. Les lèvres encore roses, elle n'avait rien perdu de son extraordinaire beauté. Assis à côté d'elle, mon ami et son épouse, Agnes, étaient dévastés. Ni l'un ni l'autre ne semblaient avoir remarqué ma présence.

– C'est une tragédie, monsieur Stead, chuchota la gouvernante. Personne n'aurait pu imaginer que pareil drame allait se produire.

– Mais qu'est-il arrivé au juste ? lui demandai-je.

– Un accident. Notre chère petite a trébuché sur une marche branlante, et fait un plongeon dans

l'escalier. Après une telle chute, le docteur a dit qu'il était impossible de la sauver. Et nous la veillons depuis ce matin.

Mon cœur se serra violemment dans ma poitrine quand je songeai au désespoir de mon ami. J'entrai dans le salon et, me frayant un passage parmi les gens présents, je m'approchai de George. Dès qu'il me vit, il se redressa et me tendit la main, plein de gratitude. Nous n'aurions pas pu choisir pire moment pour nous retrouver.

– Merci d'être venu, me dit-il. L'enterrement aura lieu demain. D'ici là, nous aimerions que tu prennes en charge notre fils, Tom. Il est très affecté par la mort de sa sœur.

J'acceptai sans hésiter et nous convînmes que j'irais chercher Tom chez sa grand-mère et que je veillerais sur lui.

George posa sa main sur mon épaule. Depuis que nous avions fait connaissance, vingt ans plus tôt, pas un jour ne passait sans que nous pensions l'un à l'autre.

Son épouse se leva à son tour et vint me saluer. Je la serrai affectueusement dans mes bras, m'efforçant de la réconforter, même si je savais que c'était impossible.

La conversation s'orienta sur l'organisation de mon séjour. Je proposai à mes amis de chercher un hôtel proche. Ils ne soulevèrent pas d'objection. Ils avaient compris que je souhaitais respecter leur intimité. Cependant, nous n'eûmes pas l'occasion de discuter plus longtemps, car un cri strident retentit soudain derrière nous.

Debout au milieu du salon, la gouvernante se tenait complètement immobile, les mains sur la bouche et comme paralysée par la peur. Quand mon regard se porta sur le catafalque, mon sang se glaça dans mes veines.

Sur la couche mortuaire entourée de lis blancs, la belle Charlotte venait de se relever.

1

Le voyage d'Hercule

– Hercule, dépêchez-vous ! La voiture est là ! ordonna Mme Miller, qui ne voulait pas faire attendre le cocher.

Le majordome devait embarquer le lendemain pour New York, où vivait sa sœur, Emma, qu'il n'avait pas vue depuis plus d'un an et qu'il était impatient de serrer à nouveau dans ses bras.

L'occasion de traverser l'Atlantique lui avait été présentée sur un plateau par M. Miller en personne. Ce dernier avait demandé à Hercule d'aller livrer des marchandises en Amérique, et lui avait réservé une cabine de deuxième classe sur le *Titanic*, le nouveau paquebot de la White Star Line qui devait être inauguré en avril.

– Quelle chance ! s'était exclamée Agatha quand le majordome lui avait annoncé la nouvelle. Je suis sûre que vous aurez des tas de choses à nous raconter à votre retour. Il paraît que le *Titanic* est un bateau d'un luxe inouï !

La dernière fois qu'Hercule était allé en Amérique, c'était avec Mlle Miller et son meilleur ami, Alfred Hitchcock, à bord du *Lusitania.* Emma était subitement tombée malade, et l'affaire avait pris une tournure inquiétante qui avait nécessité l'intervention d'Alfred et Agatha[1].

C'était précisément à cela que se consacraient Alfred et Agatha durant leur temps libre : mener des enquêtes. De fait, leur agence de détectives, Miller & Jones, avait déjà percé un certain nombre de mystères en apparence inextricables. Ces succès, ils les

1. Voir *Le pianiste qui en savait trop*, dans la même collection.

devaient en grande partie à Snouty Jones, l'associée et meilleure amie d'Agatha, une petite chienne à deux queues qui avait un don inné pour résoudre des énigmes. À eux trois, ils formaient une équipe tout à fait exceptionnelle.

– Surtout, n'oubliez pas de saluer Emma de notre part, ainsi que ma grand-mère Miller, qui vit à Union Square, lui dit la fillette le jour du départ.

– Naturellement, mademoiselle Agatha, promit Hercule en déposant sa valise dans le vestibule.

Agatha hocha la tête, émue. Elle avait gardé un merveilleux souvenir de leur voyage outre-Atlantique, et, malgré la distance qui les séparait, elle continuait de correspondre régulièrement avec les amis qu'ils s'étaient faits à New York, et notamment Harpo Marx.

– Je suis sûre que mon père regrette de ne pas pouvoir vous accompagner, continua Agatha. Quel dommage que ses affaires le tiennent tellement occupé ! Il est constamment en déplacement.

– Ne vous inquiétez pas, mademoiselle Agatha, répondit le majordome. Si le *Titanic* est aussi extraordinaire qu'on le dit, M. Miller voudra certainement tous vous emmener en Amérique à son retour. Si vous saviez comme je suis heureux d'avoir le privilège de faire la traversée inaugurale de ce merveilleux paquebot !

Le brave Hercule était excité comme un enfant à qui on a promis un tour de manège. Agatha lui sourit gentiment et l'aida à enfiler son manteau.

Juste au moment où le majordome allait franchir le seuil, Mme Miller parut et déclara :

– Hercule, j'ai quelque chose pour vous.

Elle ouvrit le tiroir d'une console et en sortit un petit objet. Puis se tournant vers le domestique, elle le lui tendit :

– C'est un porte-bonheur, lui glissa-t-elle. Pour la traversée.

Intriguées, Agatha et Snouty s'approchèrent pour examiner l'objet en question. C'était un morceau de fourrure noué d'un cordon. On aurait dit une sorte d'amulette.

– C'est une patte de lapin pour vous protéger contre les aléas du voyage, murmura Clara Miller comme si elle lui avouait un secret. Ne vous en séparez sous aucun prétexte !

Snouty fronça le museau tandis qu'Agatha lançait un regard surpris à sa mère. Devant sa réaction, celle-ci s'exclama :

– Inutile de faire cette tête-là, ma chérie ! Tu sais que j'ai horreur des croisières. Mme Hubbard est venue prendre le thé hier, pour me tranquilliser.

– Te tranquilliser ? Mais ce n'est pas toi qui vas embarquer !

– Non, reconnut sa mère. Mais je n'ai pas envie qu'il arrive malheur à Hercule. C'est le meilleur majordome que j'aie jamais eu et je tiens à le garder sain et sauf !

Mme Miller ignora l'expression de stupeur qui s'était peinte sur les traits de sa fille et poursuivit :

– Mme Hubbard est venue et m'a apporté la solution : cette patte de lapin ! Elle est allée voir les

Zancig l'autre jour, et ils lui ont donné cette amulette. Apparemment, cela protège du mauvais œil.

Ces derniers temps, les gens ne parlaient que des Zancig, un couple de spirites originaires du nord de l'Europe, qui s'était établi à Londres et dont les remèdes faisaient fureur dans la haute société.

– Mme Hubbard affirme qu'ils ont, de plus, des pouvoirs surnaturels, renchérit la mère d'Agatha. Ils peuvent prédire l'avenir et même lire dans les pensées !

Agatha coula un regard en coin à Snouty pour connaître son opinion, mais la petite chienne se contenta de se gratter l'oreille, visiblement peu intéressée par les exploits des Zancig.

S'approchant d'Hercule, Clara Miller mit la patte de lapin dans la poche de son manteau sans lui demander son avis.

– C'est là qu'elle sera le mieux, conclut-elle.

Hercule acquiesça en silence. Satisfaite, elle le salua et retourna vaquer à ses occupations.

– Pensez bien à saluer pour moi M. Alfred, mademoiselle Agatha, demanda Hercule. Je vais m'efforcer de tenir un journal de bord et d'y noter tous les détails techniques relatifs au *Titanic* pour pouvoir vous les montrer quand je reviendrai.

Dehors, le fiacre s'impatientait. Il était temps de partir. Empoignant sa valise, le majordome coiffa son chapeau et sortit.

Puis, après avoir remis son bagage au cocher, il adressa un dernier sourire à la fillette et à Snouty, et monta dans la voiture.

2

Les secrets de l'Égypte ancienne

Adossé à un pilier, Alfred attendait à l'entrée du British Museum. Il était tellement fatigué que le va-et-vient incessant des visiteurs lui donnait envie de bâiller. Pour finir, il décida de s'asseoir sur les marches.

Il tombait de sommeil, mais pour rien au monde il n'aurait manqué le rendez-vous de cet après-midi. Sir Arthur Conan Doyle, célèbre écrivain et voisin d'Agatha, leur avait proposé de leur servir de guide.

Le musée venait d'inaugurer une exposition consacrée à l'Égypte ancienne. Certains objets récemment exhumés allaient être montrés au public pour la première fois, et Agatha était folle d'enthousiasme.

Ces derniers temps, la fillette s'était prise de passion pour la culture antique, qu'elle connaissait bien, grâce à son oncle Monty Bohermer, archéologue et explorateur de renom. Elle dévorait les ouvrages ayant trait aux légendes égyptiennes et c'était elle qui avait supplié sir Arthur de les accompagner au British Museum.

Alfred passa en revue les affiches qui ornaient le hall. L'exposition promettait d'être véritablement exceptionnelle, et lui aussi avait hâte de découvrir les trésors qu'elle recelait. Il commençait à s'impatienter quand, enfin, il aperçut Agatha et sir Arthur qui franchissaient le portail en fer forgé. Snouty, leur associée, avançait d'un pas très digne aux côtés de la fillette et de l'écrivain, mais, dès qu'elle reconnut Alfred au sommet de l'escalier, elle courut lui faire la fête.

– Alors, prête à découvrir à quoi ressemblent les momies, Snouty ? lui demanda le garçon. Il paraît qu'elles sont très impressionnantes.

– Oh, que oui, mon ami ! s'exclama sir Arthur. La soirée d'inauguration m'a laissé un souvenir impérissable. On n'a jamais rien vu de tel à Londres.

– Sir Arthur, quel plaisir de vous retrouver, s'écria Alfred en allant à la rencontre du romancier pour lui serrer la main. C'est un grand honneur de vous avoir comme guide.

Sir Arthur hocha la tête avec gratitude. Il appréciait beaucoup la compagnie des enfants et de la petite chienne, et se faisait une joie de pouvoir leur commenter à loisir chacune des pièces de l'exposition « Les secrets de l'Égypte ancienne ».

Dès qu'ils se furent débarrassés de leurs manteaux, M. Doyle fit signe à un homme qui se trouvait dans le hall. Il savait que les jeunes détectives allaient être enchantés de faire la connaissance de cet illustre chercheur et était impatient de voir leur réaction lorsqu'ils découvriraient de qui il s'agissait.

– Permettez-moi de vous présenter mon vieil ami Howard Carter, le commissaire de l'exposition, déclara-t-il.

Comme il s'y attendait, les enfants restèrent bouche bée. Néanmoins, Agatha reprit rapidement ses esprits et balbutia :

– Howard Carter ? L'archéologue ? Vous nous faites un grand honneur, monsieur !

– Tout le plaisir est pour moi, mademoiselle Miller, répondit l'égyptologue avec flegme. Je suis de très près les travaux de votre oncle, Monty Bohermer. Nous avons collaboré il y a quelques années, et je suis enchanté de faire votre connaissance.

Agatha, émue, se rappela que son oncle avait effectivement participé à des fouilles en Égypte quelques années auparavant. Mais ce n'était rien à côté des travaux de Howard Carter à Louxor, qui avaient permis de découvrir des pièces remarquables.

– En ce moment, mon oncle Monty explore une cité aztèque, expliqua-t-elle à l'égyptologue. Mais je lui transmettrai vos salutations la prochaine fois que je lui écrirai.

– Sir Arthur m'a expliqué que vous aviez un intérêt tout particulier pour l'égyptologie, reprit le chercheur.

Peut-être marcherez-vous un jour sur les traces de M. Bohermer.

– Pour l'instant, je me contente de mener des enquêtes policières, répondit Agatha en décochant un sourire complice à ses associés. Mais il est vrai que je me passionne pour l'Égypte.

Sur ces mots, ils entamèrent la visite. Carter pénétra dans la salle principale, sir Arthur et les trois détectives à sa suite.

Alfred commença à faire le tour des vitrines où étaient exposés des bijoux en or, des outils, ainsi que des poteries et des ustensiles de cuisine. Tout au fond de la pièce se trouvaient d'énormes caisses en bois ornées de peintures multicolores.

– Ce sont des sarcophages, expliqua M. Carter. On y enfermait les momies.

Alfred examina l'un des cercueils. Posé debout le long du mur, il avait la forme d'un corps humain et était recouvert d'inscriptions incompréhensibles.

– Ce sont des hiéroglyphes, l'informa Agatha. L'écriture employée par les Égyptiens.

Le garçon continua de déambuler dans la salle, les mains dans le dos. Il était en train d'admirer des colliers en or qui devaient valoir une fortune quand il avisa une vitrine, un peu à l'écart, qui renfermait une sorte de petite poupée emmaillotée dans des bandelettes.

– Il y a des pièces remarquables, lança Alfred en s'arrêtant devant la silhouette. Quel âge a cette figurine ? Mille ans ?

– Sept mille, précisa l'égyptologue. Et ce n'est pas à proprement parler une figurine, mais la momie du chat Omizou. L'un des objets les plus précieux de l'exposition. Il a été exhumé il y a quelques mois à Louxor.

– Un chat ?

Alfred fronça le nez et Snouty réprima un grognement.

– Tout à fait, monsieur Alfred. Les chats étaient des animaux sacrés pour les Égyptiens et celui-ci l'était particulièrement.

– Pourquoi cela ? intervint Agatha, que la conversation intéressait au plus haut point.

Howard Carter regarda furtivement autour de lui. Il ne restait qu'un ou deux visiteurs dans la salle. L'archéologue attendit qu'ils soient sortis pour répondre :

– Omizou se trouvait dans une chambre secrète à côté d'un objet tout à fait singulier.

– Vraiment ? murmura Alfred, les yeux écarquillés.

L'explorateur battit légèrement des paupières, comme s'il réfléchissait, puis déclara d'un air mystérieux :

– Venez avec moi. J'aimerais vous montrer quelque chose.

*

L'homme s'approcha d'une porte dérobée, située tout au fond de la pièce, et la déverrouilla. Puis il invita sir Arthur, les enfants et Snouty à le précéder.

Les amis pénétrèrent dans un long couloir aux murs de pierre froids et peu accueillants. Quand il eut refermé derrière lui, M. Carter s'empara d'une lanterne accrochée près de la porte et prit la tête du petit cortège. Snouty s'empressa de lui emboîter le pas, la truffe au ras du plancher. Au bout de quelques mètres, l'égyptologue s'arrêta devant un escalier. Il descendit plusieurs étages et, une fois arrivé dans ce qui semblait être les sous-sols du musée, emprunta un autre corridor. Comme personne ne disait mot, Agatha fit une tentative de conversation pour rompre le silence.

– Vous avez l'intention de retourner bientôt faire des fouilles ? demanda-t-elle à Howard Carter.

– J'aimerais regagner l'Égypte le mois prochain, répondit l'explorateur. J'ai passé tout l'hiver à Londres ; le temps de mettre sur pied l'exposition. Mais j'ai hâte de reprendre mes recherches à Louxor. Je suis sur la piste du tombeau d'un grand pharaon et j'ai bon espoir de le trouver.

La ténacité était une qualité essentielle pour qui voulait mener des fouilles archéologiques, songea Agatha. Ils venaient d'atteindre une autre porte. Carter sortit à nouveau son trousseau de clés pour la déverrouiller, puis éteignit la lanterne.

*

Sir Arthur, Alfred, Agatha et Snouty entrèrent dans une pièce faiblement éclairée par deux lampes fixées au mur le plus éloigné et entièrement peint en blanc.

– Il n'est pas bon pour les momies d'être exposées à trop de lumière, expliqua M. Carter en pénétrant plus avant dans la salle. Nous n'avons pas le choix si nous voulons les conserver.

Cet endroit plein de recoins obscurs rappela à Agatha son jardin d'hiver, là où les membres de Miller & Jones se réunissaient lors de leurs enquêtes. Elle avait toujours pensé que les sous-sols d'un musée étaient très encombrés, mais ceux-ci étaient particulièrement en désordre.

– Il y a des pièces extraordinaires, reprit l'explorateur. Certaines dorment depuis des siècles sur ses étagères. Les trésors qui sont réunis ici sont inestimables.

Les enfants et Snouty commencèrent à se frayer un chemin entre les rayonnages couverts d'antiquités : vases, sculptures, tableaux, parchemins, découverts dans les lieux les plus reculés de la planète et soigneusement répertoriés.

Alfred songea que ce devait être bien triste de se retrouver enfermé ainsi dans les sous-sols d'un musée ; un peu comme dans une prison. Il allait en faire la remarque à ses deux amies quand quelque chose attira son attention. Ils vcnaient de déboucher dans un espace vide de toute étagère, où une présence imposante les observait de toute sa majestueuse splendeur.

C'était un énorme sarcophage. Posé sur une table de marbre, sa surface était entièrement recouverte de minuscules dessins et il avait un visage de femme au regard mystérieux. Agatha sentit subitement se hérisser les poils de sa nuque à la vue de ce cercueil à l'aspect humain. À côté, gisant à même le sol, se trouvait une caisse de bois renforcée de barres de fer, qui semblait indiquer qu'on s'apprêtait à emballer la relique. Comme il n'y avait personne d'autre qu'eux dans la salle, la fillette en déduisit que les employés du musée étaient en train de prendre leur pause.

Elle se tourna vers M. Carter pour lui poser la question et constata que ce dernier contemplait la momie avec déférence, de loin. Sir Arthur, en revanche, se tenait penché au-dessus du sarcophage, dont il examinait attentivement les inscriptions.

– Quel travail admirable ! s'émerveilla-t-il.

– L'écrivain se tourna vers les enfants et la petite chienne, qui n'osaient pas s'approcher.

– Si j'étais toi, Arthur, je ne m'attarderais pas trop longtemps, lui murmura l'égyptologue, comme pour le mettre en garde.

M. Doyle se recula, quoique sans cesser d'observer l'œuvre d'art.

– Pourquoi est-ce qu'ils vont l'emballer dans cette caisse ? demanda soudain Alfred. On va la sortir du musée ?

– En effet, répondit Carter. Le British Museum a décidé de s'en séparer. Des choses étranges se sont produites depuis qu'elle a été exhumée à Louxor.

– C'est donc la fameuse momie qu'on dit ensorcelée ?

demanda sir Arthur. Celle dont tu m'as parlé lors de l'inauguration ?

– C'est elle, en effet. Mes amis, vous êtes en présence de la princesse Amon-Râ. Depuis sa découverte, quiconque entre en sa possession est maudit.

– Comment cela ? voulut savoir Agatha, intriguée.

Le tombeau comportait une inscription qui mettait en garde ceux qui oseraient profaner la sépulture, expliqua l'archéologue. Elle disait précisément que quiconque ouvrirait le sarcophage s'exposerait à de graves représailles. La momie fut ôtée de sa tombe et quatre Anglais décidèrent de la mettre en vente. L'homme qui emporta les enchères disparut de son hôtel le soir même et fut retrouvé mort au milieu du désert. Au cours des mois suivants, Amon-Râ changea plusieurs fois de propriétaire et tous tombèrent gravement malades. Et, pour finir, elle provoqua un accident le jour même où elle entra dans ce musée ! Le camion qui la transportait écrasa un piéton qui semblait s'être jeté sous les roues du véhicule.

Alfred observa le beau visage de la princesse, représenté sur le sarcophage. Comment une aussi jolie personne pouvait-elle être à l'origine de telles tragédies ?

– Où va-t-elle être transportée ? s'enquit-il.

Il n'eut pas le temps d'obtenir de réponse, car au même instant une grosse voix éraillée interrompit la conversation.

– Arthur ! Si je m'attendais à te trouver là ! Howard aurait dû me prévenir !

Les enfants et Snouty se retournèrent et virent un homme entre deux âges, à l'aspect quelque peu débraillé et arborant une longue barbe très fournie. L'inconnu ne semblait nullement impressionné par la majestueuse présence de la momie. Il s'approcha de sir Arthur, qu'il semblait ravi de voir.

– Mes enfants, permettez-moi de vous présenter William Stead, dit l'écrivain après avoir salué le nouveau venu. Un grand ami de Howard Carter et moi-même, et journaliste de son état. La dernière fois que je l'ai vu, c'était le jour de l'inauguration, et j'avoue ne pas m'expliquer sa présence ici, aujourd'hui, et dans les sous-sols du musée qui plus est.

C'était en effet un mystère, car, comment avait-il pu entrer alors que la porte du corridor était fermée à clé ? Avec une lueur de malice dans les yeux, William Stead désigna une grille dissimulée par les étagères.

– Emprunter les couloirs pour venir jusqu'ici est trop long, affirma-t-il. C'est pourquoi j'ai préféré passer par cet orifice qui donne sur le jardin. Jadis, il servait de bouche d'aération, mais, de nos jours, il est hors d'usage, et il suffit de se mettre à quatre pattes pour pouvoir s'y glisser !

L'homme était ingénieux.

Quand sir Arthur s'étonna de la présence de M. Stead au musée, ce dernier s'exclama :

– Comment ? Ce cachottier de Carter ne t'a donc pas appris que j'avais acheté la momie ?

– Tu l'as achetée ?

– Absolument ! En Amérique, les gens raffolent d'objets exotiques, et plus encore quand ils ont la réputation de porter la poisse. C'est pourquoi j'ai décidé de l'emmener à New York. Je suis certain que là-bas on m'en donnera un bon prix. Demain, elle et moi allons embarquer sur le *Titanic* !

À ces mots, le cœur d'Agatha se serra. Le *Titanic*, c'était précisément le bateau sur lequel Hercule devait voyager !

Elle regarda M. Carter. L'archéologue ne semblait pas du tout partager l'enthousiasme du journaliste, mais il garda le silence.

– Je suis invité à un congrès à New York, poursuivit William Stead. Et je vais emmener Amon-Râ avec moi.

– Pour une nouvelle, c'est une nouvelle ! s'exclama M. Doyle. Les rumeurs qui courent sur la momie n'ont pas l'air de t'inquiéter. Est-ce bien raisonnable de vouloir l'emporter aussi loin ?

– Allons, Arthur ! Cette princesse est morte depuis des siècles. Elle est totalement inoffensive, répliqua le journaliste en martelant le sarcophage avec son poing. Cette histoire de malédiction est une fable. J'ai l'impression d'entendre Bram Stoker. Il était là à l'inauguration. Quel rabat-joie !

– Bram Stoker ? s'exclama Agatha. Il était là, lui aussi ? Quel dommage que nous n'ayons pas pu venir !

Alfred n'avait pas l'air de savoir de qui il s'agissait, aussi M. Doyle le lui expliqua-t-il :

– Bram Stoker est un écrivain très connu. C'est l'auteur de *Dracula*.

– *Dracula* ? s'émerveilla le garçon.

– Absolument, confirma le romancier. J'ai la chance de connaître un grand nombre d'écrivains, dont Bram Stoker. C'est un ami de longue date.

– Mais, intervint le journaliste, l'autre soir, Bram Stoker s'est comporté comme un ours. Il a quitté brusquement la soirée.

– Je sais, mais il traverse une passe difficile, s'efforça de tempérer sir Arthur.

– Ce n'est pas une raison ! protesta Stead. D'un seul coup, allez savoir pourquoi, il s'est mis à faire une tête de six pieds de long ! Ce n'était pas correct vis-à-vis de Carter, qui l'avait invité en tant qu'expert !

– Je ne comprends pas, intervint Alfred. Si ce M. Stoker écrit des romans d'horreur, pourquoi a-t-il été invité en qualité de spécialiste de l'Égypte ancienne ?

Sir Arthur allait lui répondre, mais Agatha le devança :

– Parce que c'est un sujet qui le passionne. Il a écrit un livre intitulé *Le joyau des sept étoiles,* que l'oncle Monty m'a offert pour mon anniversaire. C'est un ouvrage assez curieux, où il est question d'une momie qui porte malheur.

– Vous avouerez qu'il y a des coïncidences étranges ! déclara le journaliste en éclatant de rire. À croire que Stoker est à court d'imagination !

Sir Arthur allait protester, mais M. Carter, qui jusque-là n'avait pas dit un seul mot, prit soudain la parole :

– Messieurs, messieurs, s'il vous plaît. Nous savons tous que M. Stoker a des soucis. Sa réaction de l'autre jour était peut-être un peu excessive, mais il n'en est pas moins notre ami et nous devons l'excuser.

Après le départ de William Stead, Howard Carter prit sir Arthur à part et lui dit :

– Arthur, il y a une chose importante dont j'aimerais te parler. Mais en privé.

– Comme tu voudras, Howard, mais sache que ces enfants sont tout à fait dignes de confiance.

– Je sais, mais j'aimerais mieux les laisser en dehors de cette affaire.

Pendant que sir Arthur et M. Carter entamaient leur conciliabule, les trois détectives décidèrent de regagner le couloir.

Juste au moment où ils allaient franchir la porte, William Stead reparut avec deux employés du musée. Les trois hommes s'approchèrent du sarcophage et le soulevèrent pour le déposer à l'intérieur de la caisse de bois. Alfred jeta un dernier coup d'œil à la princesse, dont le beau visage le ravissait. Cependant, il n'eut guère le temps de l'admirer, car les hommes venaient d'abaisser le couvercle de la caisse, occultant à jamais la lumière de ses yeux.

3

Le quatrième ami

Le dimanche suivant, Alfred, Agatha et Snouty allèrent rejoindre sir Arthur au pied de la Chambre des lords, dans le cœur de Londres.

Certaines fins de semaine, le romancier invitait les trois amis à déjeuner. Mme Watson, sa gouvernante, préparait les sandwichs les plus délicieux qui soient, et les enfants, en particulier Alfred, aimaient beaucoup ces petits festins pris à la bonne franquette en compagnie de l'homme de lettres.

En temps normal, ils se retrouvaient tous les quatre dans le salon de M. Doyle, mais ce matin il faisait si beau que ce dernier leur avait proposé de faire une promenade dans le parc.

Tandis qu'ils attendaient leur ami, Agatha se rappela la visite au British Museum, tous les objets fabuleux, les poteries et les bijoux qui s'y trouvaient exposés, et bien entendu la mystérieuse momie. Un détail en particulier l'avait frappée : Howard Carter avait l'air très soucieux. Seul sir Arthur savait ce qui préoccupait l'égyptologue. Demander au romancier ce qu'il lui avait dit aurait été la pire des maladresses, mais la fillette brûlait malgré tout d'envie de le savoir.

Quand sir Arthur arriva enfin, il tenait à la main la *Review of Reviews*, un magazine mensuel à gros tirage.

– Notre ami a encore créé la sensation ce mois-ci. Voyez plutôt le sujet de son dernier reportage.

Agatha jeta un coup d'œil au journal. Il y était question de l'hospice de Cleveland Street, un refuge pour les sans-abri. William Stead avait partagé le quotidien de ces malheureux et leur avait consacré tout un article – une démarche réellement innovante de la part d'un reporter.

– Stead est un excellent journaliste d'investigation, expliqua sir Arthur. La société lui doit une fière chandelle. Son nom a d'ailleurs été proposé plusieurs fois pour le prix Nobel de la paix.

Alfred était impressionné par cette personnalité hors du commun.

M. Doyle replia le journal et se dirigea vers la Tamise.

– Nous n'allons pas nous promener dans le parc ? s'étonna Agatha. Nous sommes en train de nous éloigner du centre.

– Je sais, répondit l'écrivain sur un ton mystérieux. Au départ, j'avais prévu d'aller faire un tour à St. James's Park, mais, entre-temps, il m'est venu une meilleure idée. J'aimerais vous présenter quelqu'un. Or, il déjeune justement près d'ici.

Agatha et Alfred échangèrent un regard intrigué, puis suivirent l'écrivain, Snouty à leurs côtés.

Une fois sur la rive gauche du fleuve, lorsque sir Arthur leur montra au loin une silhouette assise sur un banc, Agatha crut qu'il leur faisait une farce.

– Je vous ai amenés ici car Bram Stoker a coutume de venir sur ce quai à l'heure du déjeuner, expliqua l'écrivain. Vous voyez cet homme assis, là-bas ?

– Bram Stoker ? répéta la fillette, stupéfaite.

– Tout à fait. En lisant l'article de William Stead, j'ai repensé à la soirée d'inauguration de l'exposition et à Stoker. J'aimerais prendre de ses nouvelles. N'avez-vous pas dit l'autre jour que vous vouliez faire sa connaissance ?

Agatha resta sans voix. Devant elle se tenait l'auteur de *Dracula* ! Le quatrième membre du cercle d'amis de sir Arthur.

L'homme assis sur le banc était plongé dans un livre. Il avait fière allure, malgré les manches élimées de son manteau et sa barbe mal taillée. Tandis qu'ils s'approchaient, Alfred demanda à voix basse :

– Sir Arthur, j'ai une question. L'autre jour, quand vous avez raconté que M. Stoker traversait une passe difficile, qu'entendiez-vous par là ?

– M. Stoker est très malade, répondit l'écrivain sans le moindre embarras. Sa situation financière n'est pas fameuse, et cela aura certainement eu des répercussions sur son état de santé. Il a fait plusieurs crises cardiaques et a dû déménager parce qu'il était criblé de dettes.

– Vraiment ? s'étonna Agatha. Mais comment est-ce possible ? Un écrivain aussi connu.

– Malheureusement, un succès littéraire n'est pas la garantie d'une rente à vie. Ses derniers livres ne se sont pas bien vendus.

– Ce n'est pas juste, murmura Agatha. *Dracula* est une des meilleures œuvres que j'aie lues. M. Stoker ne mérite pas de vieillir ainsi, dans le dénuement.

– En effet, ma chère petite, reconnut le romancier. Mais il ne faut pas lui montrer notre pitié. Allons le saluer.

Quand l'ombre de sir Arthur tomba sur le livre que Stoker était en train de lire, ce dernier releva la tête.

– Arthur ! Quelle bonne surprise ! s'écria l'homme visiblement heureux de voir son ami.

Doyle serra chaleureusement la main de son confrère avant de s'asseoir à ses côtés et de lui présenter les enfants et la petite chienne en prenant soin d'énumérer toutes les énigmes policières que ses jeunes protégés avaient résolues.

– Je vois que tu as de jeunes disciples prometteurs, s'exclama M. Stoker, visiblement admiratif. Puis, changeant abruptement de sujet de conversation, il ajouta : J'imagine que Mme Watson t'aura transmis mon message.

– Quel message ? demanda M. Doyle sans comprendrc.

– Elle ne t'a rien dit ? Et moi qui pensais que tu étais venu exprès.

– En fait, c'est plutôt le hasard qui nous amène, expliqua l'écrivain. Nous étions dans les parages quand je me suis souvenu que tu venais t'asseoir au bord de la Tamise à cette heure-ci. Cela dit, il ne faut pas en vouloir à Mme Watson, la pauvre femme est tellement occupée ! Et comme je suis moi-même passablement débordé et que je rentre tard le soir, elle aura sans doute oublié de m'en parler.

Sir Arthur était effectivement très pris ces dernières semaines, et il était quasiment impossible de le voir.

– Enfin, c'est sans importance, conclut M. Stoker. Il s'agissait d'une simple invitation à prendre le thé. J'aimerais te consulter au sujet de choses... importantes. Pourquoi ne passerais-tu pas à la maison cet après-midi ?

Agatha trouvait que les amis de M. Doyle faisaient décidément beaucoup de mystères, et elle en avait assez d'être tenue à l'écart. Elle espérait qu'Alfred allait encore une fois mettre son grain de sel. Mais il n'en eut pas le temps, car sir Arthur déclina aussitôt l'invitation.

– Malheureusement, je suis pris. Je suis sur une nouvelle piste scientifique qui va ouvrir de nouvelles perspectives à l'humanité.

Alfred lança à l'écrivain un regard intrigué. Tout ce qui touchait à la science l'intéressait au plus haut point et sir Arthur le savait. Or, il n'avait jamais mentionné cette découverte devant lui. Le romancier poursuivit :

– Pour tout te dire, j'ai fait la connaissance d'un couple de chercheurs qui m'a beaucoup impressionné. Leurs pouvoirs s'étendent bien au-delà de la science pure. Et justement, aujourd'hui, j'ai prévu d'assister à une de leurs démonstrations. Ce sont les Zancig. Tout le monde en parle !

Encore les Zancig ! Même M. Doyle était tombé sous leur charme, songea Agatha en soupirant. L'écrivain se mit alors à relater les évènements extraordinaires dont il avait été témoin en y mettant autant de ferveur que lorsqu'il résolvait une énigme policière.

– Et je les ai vus de mes propres yeux, Bram ! Je n'invente rien. C'est incroyable, époustouflant, et parfaitement scientifique par-dessus le marché !

– Vous croyez vraiment que ces gens font de la science ? intervint Alfred.

– Mais naturellement, mon ami. Ce n'est pas parce que l'être humain n'a pas encore atteint un niveau de développement suffisant pour comprendre les phénomènes paranormaux que ceux-ci n'existent pas.

Agatha observa la réaction de M. Stoker. La joie qu'il avait manifestée en voyant sir Arthur avait complètement disparu. Il s'était muré dans le silence dès que son collègue avait eu fini de se répandre en éloges sur le couple de spirites. Il prit sa canne et se leva.

– Il faut que je rentre, lança l'homme en se mettant à grand-peine sur ses jambes. J'aimerais que tu trouves ne serait-ce qu'un petit moment pour passer me voir à la maison. Je ne te le demanderais pas s'il ne s'agissait pas d'une affaire importante.

– Que se passe-t-il, Bram ? s'enquit son ami, qui ne comprenait pas sa réaction.

– Je t'en conjure. Il faut que nous parlions au plus vite. C'est important.

Bram Stoker les salua en soulevant légèrement son chapeau, puis commença à s'éloigner.

Il marchait à petits pas saccadés, et ses épaules voûtées trahissaient son état de santé défaillant.

– Qu'est-ce qui lui a pris ? demanda sir Arthur. Ai-je dit quelque chose qui l'aurait froissé ?

– Il s'attendait peut-être à plus de sollicitude de votre part, le rassura Agatha. De toute façon, n'ayez crainte, M. Doyle. S'il a un rendez-vous, il est normal qu'il s'y rende.

L'écrivain acquiesça et, ses craintes aussitôt envolées, recommença à chanter les louanges des Zancig.

– C'est véritablement stupéfiant, s'écria-t-il. Pourquoi est-ce que vous ne m'accompagneriez pas ce soir, à la démonstration ? Qu'en dites-vous, Alfred ? Aimeriez-vous découvrir un nouveau domaine d'investigation scientifique ?

Le garçon accepta sans hésiter. Ces gens dont tout le monde parlait l'intriguaient, et la seule façon de se faire une opinion à leur sujet était de constater par lui-même de quoi ils étaient capables.

4

La démonstration des Zancig

Quand les membres de Miller & Jones retrouvèrent sir Arthur devant la salle où se produisaient les Zancig, une pancarte affichait complet et une longue file de curieux s'étirait jusqu'au coin de la rue.

– Les Zancig ne font pas cela pour l'argent, précisa M. Doyle. Ils reversent une partie de leurs gains à des œuvres de charité. Ce sont des gens très intègres.

Agatha hocha la tête, impressionnée. Jusque-là, elle avait cru que l'engouement de sa mère pour le couple de médiums n'était qu'une tocade, mais, s'ils attiraient autant de monde, c'est qu'il devait y avoir une raison.

Sir Arthur contourna la foule et se dirigea vers l'entrée, où deux immenses affiches étaient placardées de part et d'autre de la porte. Le texte qui y figurait ne laissait personne indifférent :

DÉCOUVREZ
LE POUVOIR MÉDIUMNIQUE
Découvrez
ce que notre science peut faire pour vous.

De l'extérieur, la salle semblait toute petite.

– Comment est-ce que tous ces gens vont réussir à entrer ? murmura Alfred en scrutant la file interminable.

– La plupart vont devoir rester dehors, déclara sir Arthur. Mais pas nous. Suivez-moi, mes amis.

Le romancier s'approcha du garçon aux cheveux roux qui montait la garde devant la porte. Celui-ci fit aussitôt un pas de côté pour les laisser passer. Alfred et Agatha échangèrent un regard étonné. À l'évidence, leur ami connaissait bien les Zancig.

Une fois à l'intérieur, le rouquin les mena jusqu'à des fauteuils situés au deuxième rang.

– Désolé, monsieur Doyle, s'excusa-t-il, je n'ai pas pu en réserver de meilleurs. Les délais étaient trop courts.

– J'ai appelé cet après-midi pour réserver deux places supplémentaires, expliqua sir Arthur à la petite troupe.

Puis il se pencha vers Snouty et murmura :

– Mille excuses, chère amie. Je crains que vous ne deviez partager le siège d'Agatha.

Snouty donna son approbation en agitant ses deux bouts de queue. De toute façon, les fauteuils étaient si profonds qu'elle n'aurait pas pu voir grand-chose si elle ne s'était pas assise sur les genoux de son amie.

Les spectateurs commencèrent à entrer et, quand le minuscule théâtre fut plein, le silence se fit. Alfred se cala confortablement sur son siège, prêt à vivre un moment historique.

Deux silhouettes à peu près de la même taille montèrent sur l'estrade, aussitôt accueillies par un tonnerre d'applaudissements.

La femme et l’homme qui se tenaient sur scène, et qui ne pouvaient être que les Zancig, s’inclinèrent en une profonde révérence.

– Merci à tous d’être venus. Nous sommes très honorés, déclara la femme, qui arborait un élégant chignon et une robe qui tombait à la perfection.

– Le pouvoir de l’esprit est révolutionnaire, intervint M. Zancig. Nous allons commencer par vous montrer... l’invisible.

L’homme vint se poster au milieu de la scène et scruta le public.

Puis il posa deux doigts entre ses sourcils et les garda ainsi pendant plusieurs secondes. Enfin son regard se perdit dans la salle.

– Je suis certain que, parmi tous les gens présents dans l’assistance, il y a un homme qui n’est pas d’ici. C’est une personne qui vient d’arriver à Londres et qui réside... oui, qui réside à l’hôtel.

Les spectateurs se regardèrent les uns les autres. Au fond de la salle, un homme bien habillé leva soudain la main. M. Zancig concentra son attention sur lui.

– Ah, voilà... Nous avons trouvé l'heureux élu. Je crois que si vous me présentez un objet personnel, n'importe quoi, je pourrai capter votre énergie psychique et deviner des choses vous concernant. Pourriez-vous me prêter une chose que vous portez sur vous ? Votre mouchoir, par exemple ?

L'homme acquiesça sans hésiter et plongea la main dans la poche de son manteau. Puis il remit un mouchoir brodé à ses initiales à Mme Zancig, qui le rapporta à son mari, sur scène.

– Très bien, dit le médium, après avoir palpé pendant quelques instants le carré de tissu. Je crois qu'en me concentrant je dois pouvoir deviner votre pays d'origine... Ah, ah ! mais oui, c'est un pays européen.

L'homme acquiesça de nouveau, surpris, et sourit à une femme qui était assise à côté de lui. M. Zancig poursuivit.

– Voyons... murmura-t-il en fermant les paupières et en inspirant profondément. Vous avez fait un long voyage. Avant d'arriver à Londres, vous avez traversé la Manche, je puis donc affirmer que vous venez de France, et plus précisément de... Paris !

Le spectateur était bouche bée. Le médium entrait à présent dans des détails qu'il ne pouvait pas avoir inventés. Les enfants et Snouty échangèrent des regards stupéfaits.

– En poussant un peu plus loin, je pourrais deviner quel est votre métier. Et même la raison de votre venue à Londres.

Mme Zancig approcha une chaise pour que son époux puisse s'asseoir. Il croisa les bras sans lâcher le mouchoir, les yeux toujours fermés. Agatha et Alfred retinrent leur souffle. Il régnait un tel silence dans la salle qu'on aurait pu entendre une mouche voler. Le médium semblait sur le point d'entrer en transe. Soudain, sa voix devint caverneuse et il affirma :

– L'énergie de votre mouchoir me transmet une force métallique, puissante, lourde... – Zancig serra le carré d'étoffe dans son poing. Oui, je crois que vous travaillez dans la finance. Je n'arrive pas à y croire, monsieur. Vous êtes banquier !

L'homme acquiesça une fois encore, abasourdi, et des applaudissements retentirent aussitôt. Mais Mme Zancig les fit aussitôt cesser car son mari n'avait pas terminé.

– Non, non, ce n'est pas cela ! cria le médium pour pouvoir se faire bien entendre. Vous n'êtes pas ici pour affaires. Vous êtes ici pour quelque chose de plus important.

Zancig inspira à nouveau profondément et leva brusquement le poing.

– Je ressens quelque chose de plus intense. Quelque chose de pur et d'inaliénable... Une force pareille à aucune autre. Vous êtes venu ici, mon ami, parce que vous venez de vous marier ! Vous êtes à Londres en lune de miel. Avec votre épouse. Et vous l'avez amenée ici avec vous ce soir !

La femme assise à côté du spectateur lâcha un petit cri admiratif tandis qu'éclatait un tonnerre d'applaudissements.

Devant un tel succès, M. Zancig s'inclina en une profonde révérence, et les enfants se tournèrent vers sir Arthur, visiblement impressionnés. Ce couple accomplissait des prodiges.

Mme Zancig rendit le mouchoir à son propriétaire français puis remonta sur scène. L'instant d'après, les lumières se tamisèrent et la salle ne fut bientôt éclairée que par des chandeliers.

– Et maintenant, voici le moment le plus important de la soirée, annonça la femme. Nous aimerions vous présenter une personne très spéciale. Nos pouvoirs ne sont rien à côté des siens. Avec nous, ce soir, la plus grande médium du monde entier : la jeune Sheela !

Le public applaudit à tout rompre tandis qu'une jeune fille maigrichonne apparaissait sur scène. Elle portait une longue robe blanche semblable à une chemise de nuit et ses traits sereins ne trahissaient pas la moindre émotion face à l'enthousiasme débordant du public.

– Sachez que les esprits sensibles risquent d'être choqués par cette partie du programme, prévint Mme Zancig. Sheela va entrer en communication avec le royaume des morts et pour cela elle a besoin d'un maximum de concentration. C'est pourquoi nous vous demandons instamment de ne faire aucun bruit.

Les murmures et les toussotements cessèrent peu à peu. La jeune Sheela prit place sur la chaise que M. Zancig avait libérée et laissa errer son regard vers le fond de la salle. Après quoi, elle ferma les paupières et laissa tomber ses mains sur ses genoux.

– Sheela, y a-t-il quelqu'un parmi nous ? demanda Mme Zancig tandis que les spectateurs retenaient leur souffle.

Un silence profond s'empara du théâtre. Alfred, incapable de se contrôler, planta ses ongles dans le bras d'Agatha. Son amie lui tapota la main pour le tranquilliser. Elle savait qu'il était impressionnable et était quasi certaine qu'après ce spectacle, il n'allait pas pouvoir fermer l'œil de la nuit.

Sur scène, la jeune fille demeurait silencieuse, et Mme Zancig dut répéter sa question. Tout portait à croire que rien n'allait se passer ce soir quand, brusquement, les traits de Sheela se crispèrent.

– Ce soir, il y a quelqu'un parmi nous, annonça-t-elle enfin, d'une voix détachée. Je n'arrive pas à le distinguer... Il ne veut pas se faire connaître.

Alfred, comme tous les autres spectateurs, scrutait la salle dans toutes les directions, y compris le plafond. Si un habitant de l'au-delà se trouvait ici, avec eux, il préférait qu'il ne soit pas à ses côtés. Sir Arthur posa sa main sur l'épaule du garçon pour essayer de le rassurer.

– Très bien, Sheela, reprit Mme Zancig. Présentons nos salutations respectueuses à ce nouveau venu. Peut-être est-il ici pour une raison précise. Ce spectre a-t-il des connaissances parmi les gens qui se trouvent dans la salle ?

Sheela ne répondit pas tout de suite.

– Il dit qu'un membre de sa famille est ici avec nous. Il ne l'a pas vu depuis longtemps, presque quatre ans. Et il aimerait lui envoyer un message.

Un frisson de panique parcourut l'assistance. Les spectateurs semblaient abasourdis.

– Pourriez-vous nous donner le nom de cette personne ? demanda Mme Zancig.

– Roberts. Mlle Roberts, annonça Sheela après une longue pause.

Une voix féminine s'éleva dans la salle.

– Y a-t-il une demoiselle Roberts parmi nous ?

Presque au fond de la salle, une dame se leva toute tremblante. Elle semblait tout aussi déconcertée que le reste des spectateurs.

– Roberts, c'est mon nom de jeune fille... murmura la dame. Il y a trois ans que je suis mariée.

Mme Zancig reprit la parole pour demander à Sheela si elle était en possession d'autres informations. La jeune spirite avala sa salive et déclara :

– La présence qui se trouve parmi nous est très proche de vous. Elle a vécu chez vous et fait parfois des apparitions là-bas.

Mlle Roberts acquiesça d'un hochement de tête. Elle pensait connaître l'identité du mort. Elle murmura qu'il devait s'agir de son père.

– La présence dit que vous cherchez quelque chose. Un objet important. Une chose que vous avez égarée et qui revêt une grande valeur à vos yeux.

Les pupilles de Mlle Roberts se dilatèrent tandis que ses lèvres s'entrouvraient pour balbutier :

– L'alliance de ma mère...

– C'est cela, confirma Sheela. Une alliance en or. Sertie d'une pierre précieuse. Un rubis de forme ovale.

Mlle Roberts plaqua sa main sur sa bouche pour contenir son émotion. La description de la bague était apparemment conforme.

– Vous recherchez cette alliance depuis plusieurs semaines. Mais la présence, qui sait où elle se trouve, vous demande de ne plus la chercher chez vous.

– Où est-elle ? s'écria la spectatrice en jetant des regards affolés autour d'elle. Papa ! Cette bague, c'est maman qui me l'a offerte ! Et tu sais qu'elle ne me pardonnerait jamais si je venais à la perdre !

– Vous devez poser la question à votre mari.

Les paroles de Sheela eurent un tel impact sur Mlle Roberts qu'elle vacilla sur ses jambes.

– Comment ? s'exclama-t-elle.

– Votre mari l'a mise en gage. Il faut que vous alliez la retirer au plus vite. Sans quoi elle sera perdue à jamais.

Une rumeur commença à parcourir la salle. Les spectateurs chuchotaient entre eux tandis que la jeune femme, très affectée par cette révélation, éclatait en sanglots.

– Ô père, s'écria-t-elle. J'aurais dû t'écouter quand tu m'as dit de ne pas me marier avec Richard !

Deux femmes s'élancèrent pour consoler la malheureuse qui pleurait à présent à chaudes larmes.

On la fit sortir de la salle, et les spectateurs tournèrent à nouveau leur attention vers la scène, où le visage de Sheela commençait à s'agiter de tics nerveux. Tout à coup, elle lâcha un cri à glacer le sang :

– Ô mon Dieu, non !

La jeune fille s'effondra sur sa chaise. Elle était livide, murmurait des paroles incompréhensibles, et semblait prise de convulsions. Soudain, elle s'écria, affolée :

– Quelque chose de terrible est sur le point de se produire ! Je l'ai vu ! C'est une tragédie... Un drame que personne ne pourra empêcher !

À ces mots, la tête de la jeune fille tomba en avant et son corps s'affaissa. Des cris de femmes terrorisées retentirent dans la salle. M. Zancig accourut aussitôt pour la faire sortir de scène tandis que Mme Zancig déclarait d'une voix qui se voulait rassurante :

– Mesdames, allons, calmez-vous. Sheela est sujette à ce genre d'évanouissement. Il n'y a pas lieu de s'inquiéter. Dans quelques minutes, elle sera remise et viendra vous saluer.

Cependant, la scène à laquelle ils venaient d'assister les avait tous ébranlés.

Mme Zancig reprit les choses en main.

– Si vous le voulez bien, nous allons revenir à notre premier invité, le monsieur français. *Monsieur*, comment vous sentez-vous ?

L'homme fit une drôle de grimace, qui fit sourire Mme Zancig.

– La vérité, *monsieur,* c'est que je ne sais plus si je vous ai rendu votre mouchoir.

L'homme fit signe que oui depuis son fauteuil.

– Vous en êtes sûr ? S'il vous plaît, vérifiez. Je ne voudrais pas que vous partiez sans lui.

L'homme plongea la main dans la poche de son veston et, à sa grande surprise et à celle du public, constata que le mouchoir ne s'y trouvait pas.

– Allons bon. C'est bien ce que je craignais..., dit la médium en pinçant les lèvres d'un air dépité. Le pouvoir de Sheela est tel qu'il lui arrive de changer les objets de place. S'il vous plaît, y a-t-il dans l'assistance une personne du nom de Hitchcock ?

Alfred écarquilla des yeux ahuris tandis que sir Arthur l'invitait à se lever.

– C'est moi... bredouilla le garçon en levant la main.

– Oh, enchantée, monsieur Hitchcock. Je vois que vous êtes assis à côté de l'un de nos plus illustres visiteurs, sir Arthur Conan Doyle. Elle salua brièvement l'écrivain d'un geste de la main, puis reprit aussitôt : monsieur Hitchcock, auriez-vous l'amabilité de regarder dans votre poche ?

Alfred songea que la femme divaguait, mais il fit ce qu'elle lui demandait et, quand ses doigts frôlèrent un morceau de tissu, il crut qu'il était lui aussi en train de délirer.

– Veuillez lc sortir pour que nous puissions tous le voir ! l'encouragea Mme Zancig avec un grand sourire.

Le garçon resta sans voix. Il s'agissait cn effet d'un mouchoir de lin brodé aux initiales du Français. C'était bien le sien. Sans doute possible.

Il y eut des exclamations de stupeur dans la salle, puis des salves d'applaudissements.

– Mais comment est-ce possible ? s'écria Alfred, visiblement troublé. Nous ne nous sommes même pas serré la main !

– Quand je vous disais que rien ne résiste au pouvoir de l'esprit, murmura sir Arthur à ses jeunes amis. Vous venez d'être témoins de ce que sera la science de l'avenir.

*

Presque tout le monde avait quitté la salle quand sir Arthur, Snouty et les enfants s'approchèrent de Mme Zancig, qui se tenait au pied de la scène ; son époux, quant à lui, était occupé à donner des rendez-vous aux innombrables spectateurs qui souhaitaient obtenir une consultation privée.

La médium salua chaleureusement l'écrivain et les enfants, puis déclara, visiblement émue :

– Je ne sais comment vous remercier pour votre soutien, sir Arthur. Sans vous, nous aurions peut-être été obligés de retourner au Danemark.

Alfred, qui n'était toujours pas remis de son expérience, lança tout à coup :

– Sir Arthur n'a pas su me dire comment le mouchoir avait atterri dans ma poche. S'il s'agit effectivement d'un phénomène scientifique, vous avez certainement une explication ?

– Le pouvoir de l'esprit est si grand que nous n'en connaissons pas les limites, se justifia Mme Zancig.

Je serais bien en peine de vous répondre. Mon pouvoir à moi ne s'étend pas jusqu'à la télékinésie.

– La téléki... quoi ? demanda le garçon.

– La télékinésie, répéta M. Doyle. Le pouvoir de Mme Zancig consiste à lire dans les pensées. La télékinésie permet de déplacer les objets. Seule Sheela possède ce don.

Alfred garda le silence. Il n'avait aucune envie de rester aux côtés de cette femme qui pouvait lire dans ses pensées.

Il s'efforçait de garder le plus possible la tête vide et espérait qu'Agatha allait en faire autant. Son amie était justement en train de prendre des nouvelles de la jeune Sheela.

– Elle n'est pas encore tout à fait remise, expliqua Mme Zancig, quelque peu contrariée. Dernièrement, les séances de spiritisme l'épuisent. Elle se repose dans les vestiaires.

Agatha jeta un coup d'œil à la porte qui se trouvait tout au fond de la salle et songea qu'une telle démonstration devait, en effet, requérir beaucoup d'énergie.

– Les paroles qu'elle a prononcées sur scène m'ont beaucoup troublée, murmura-t-elle. Savez-vous de quelle tragédie elle parlait ?

– Je n'en ai pas la moindre idée, répondit la médium. Sheela voit des choses que même nous ne pouvons pas imaginer. Elle a déjà eu plusieurs révélations de ce type. Mais rarement avec une telle intensité. Cela nous a surpris.

La fillette hocha la tête, résolue à ne plus poser de questions. Elle venait seulement de faire la connaissance de ces gens et se disait qu'il était peut-être trop tôt pour les questionner davantage. Cependant, sa curiosité était piquée, et elle ne pouvait s'empêcher de penser qu'il y avait peut-être un moyen d'éviter la tragédie pressentie par Sheela.

5

Un gros titre fracassant

Le mardi matin, Agatha fut tirée du sommeil par les rayons du soleil qui filtraient à travers les rideaux de sa chambre. Son premier réflexe fut de se cacher la tête sous l'oreiller.

La veille au soir, elle avait eu du mal à s'endormir, car, malgré tous ses efforts pour ne plus y penser, le spectacle des Zancig l'avait profondément impressionnée. Elle avait passé toute la journée du lendemain à faire des recherches sur la nécromancie[1].

1. Science occulte qui prétend pouvoir communiquer avec les morts.

Mais la bibliothèque de son père ou même les articles de journaux de sa mère ne recelaient guère d'informations sur le sujet. Elle avait donc décidé d'en discuter avec sir Arthur dès que possible.

Si les pouvoirs divinatoires de ces trois personnes étaient réels, cela signifiait qu'ils allaient sans doute permettre de formidables découvertes, qui feraient progresser la société.

À l'issue de la représentation, Alfred était aussitôt rentré chez lui. Sans doute éprouvait-il, lui aussi, le besoin de réfléchir à tête reposée à tout ce qu'ils avaient vu.

Agatha était en train de s'étirer en bâillant lorsqu'un formidable claquement de porte accompagné de cris de femmes lui parvint depuis le rez-de-chaussée. Bondissant de son lit, elle dégringola l'escalier quatre à quatre.

Quand elle entra dans le petit salon, elle trouva sa mère en larmes.

En temps normal, Mme Miller n'aurait pas toléré que sa fille se présente devant elle en chemise de nuit et les cheveux en bataille, mais elle était trop ébranlée pour se soucier de ce genre de détails. Assise sur le canapé, elle était entourée de Mme Hubbard et de Rose, la femme de chambre, qui lui avait apporté une infusion.

– Mais enfin, que se passe-t-il ? s'enquit la fillette.

– Oh, ma chérie, approche..., dit Mme Miller entre deux sanglots. Il est arrivé quelque chose de terrible.

– Quoi donc ?

Sa mère lui tendit l'édition du matin du *Daily Mirror*, et quand Agatha lut le titre qui s'étalait à la une, son sang se glaça dans ses veines :

NAUFRAGE DU *TITANIC* !
LE PLUS GRAND PAQUEBOT DU MONDE ENTRE EN COLLISION AVEC UN ICEBERG DANS L'OCÉAN ATLANTIQUE AU COURS DE SON VOYAGE INAUGURAL

Agatha eut l'impression que son cœur s'était arrêté de battre.

– Il y a des victimes ? s'écria-t-elle, prise de panique. A-t-on des nouvelles d'Hercule ?

Clara Miller secoua la tête, la gorge trop nouée pour pouvoir parler. Quand elle trouva enfin la force de répondre, elle déclara :

– Nous ne savons rien. La White Star Line n'a pas encore publié la liste des disparus et, à en croire le journal, les survivants se trouvent toujours à bord du *Carpathia*, qui n'est pas encore arrivé à New York !

La fillette laissa échapper un soupir de soulagement. Tout espoir n'était pas perdu et, en l'absence d'informations concrètes, elles devaient garder leur sang-froid et s'armer de patience.

Mais sa mère ne semblait pas partager son optimisme.

– J'ai demandé à Hercule d'emporter la patte de lapin porte-bonheur ! Il ne m'a pas écoutée et voilà le résultat !

– Comment cela, il ne t'a pas écoutée ? s'étonna Agatha. Je t'ai vue de mes yeux la mettre dans sa poche !

Sa mère s'expliqua :

– Hier matin, tandis que Rose marchait dans la rue, elle l'a trouvée dans le caniveau.

Clara ouvrit la main et montra à sa fille la patte de lapin maculée de boue séchée.

– J'ai interrogé le cocher, qui m'a confirmé qu'Hercule l'avait jetée dès que le fiacre s'était mis en route. Sous prétexte qu'il était allergique !

Agatha comprit d'emblée ce qui s'était passé. Le majordome était effectivement allergique à certains poils d'animaux.

– Et maintenant, une tragédie est arrivée par sa faute ! s'exclama Mme Miller, en pleurs. Les Zancig me l'avaient confiée par l'intermédiaire de Mme Hubbard exprès pour que je la lui donne !

– Mais enfin, maman, c'est absurde ! Tu crois vraiment que les Zancig pouvaient prévoir que le *Titanic*... ?

Agatha n'acheva pas sa phrase. Une pensée terrible venait de lui traverser l'esprit. Sa mère lui jeta un regard intrigué, tandis que Snouty grattait doucement la jambe de son amie avec le bout de sa patte pour la réconforter. La fillette paraissait incapable d'articuler un mot.

Ce fut Rose qui rompit le silence en annonçant que quelqu'un la demandait au téléphone.

Au grand soulagement de la petite chienne, Agatha émergea de son étrange apathie et se dirigea vers le vestibule.

– Agatha ! C'est toi ! s'écria la voix paniquée d'Alfred à l'autre bout de la ligne. Tu es au courant de la tragédie ?

– Oui, je viens de l'apprendre à l'instant.

– C'est terrible... J'imagine que tu n'as pas de nouvelles d'Hercule.

– Non. Pas pour l'instant. La liste des survivants n'a pas encore été publiée.

– Je n'arrive pas à y croire ! Tu te rends compte que le *Titanic* a sombré ? articula le garçon d'une voix tremblante. Le plus grand paquebot de tous les temps ! Qui aurait pu l'imaginer ? Je veux dire à part ces... ces Zancig.

À peine avait-il prononcé leur nom qu'Alfred se tut, comme s'il préférait ne pas en dire plus. Mais, devant le silence de son amie, il n'eut d'autre choix que d'aller jusqu'au bout de sa pensée.

– Tu crois que Sheela l'avait prévu, le soir de la représentation ? demanda-t-il, puis, baissant soudain la voix, il ajouta dans un murmure : De quoi parlait-elle, d'après toi, quand elle a annoncé « une terrible catastrophe » ?

– Je me posais justement la même question, répondit la fillette.

– Je propose que nous allions voir sir Arthur pour essayer d'en savoir plus.

Quand Agatha raccrocha, elle regarda Snouty. À l'évidence, la petite chienne partageait sa perplexité : les évènements dont elles avaient été témoins ces derniers jours dépassaient l'entendement. Elles savaient que cette tragique nouvelle allait susciter beaucoup de commentaires, mais elles étaient loin de se douter à quel point le foyer des Miller allait s'en trouver personnellement affecté.

*

Peu après, Alfred se présenta à la porte d'Agatha. Tout comme elle, depuis qu'il avait assisté à la séance de spiritisme, il était en proie à des insomnies. Le moindre craquement le faisait sursauter, et il avait beau se répéter que tous ses ancêtres aujourd'hui décédés dormaient en paix, il ne pouvait s'empêcher de se sentir menacé.

À tout cela venait s'ajouter la sombre prophétie énoncée par la jeune médium à la fin de la représentation. Lorsqu'il était rentré chez lui, Alfred n'avait cessé de se demander quelle sorte de tragédie allait s'abattre sur eux tous. C'est pourquoi, ce matin, quand sa mère était venue le réveiller et lui avait annoncé que le *Titanic* avait sombré, le garçon avait immédiatement appelé Agatha. Il se faisait du souci pour Hercule, mais il se demandait aussi jusqu'où s'étendaient les pouvoirs de prédiction de Sheela.

Une fois à Brown Street, Alfred et ses deux amies s'en furent aussitôt frapper à la porte de sir Arthur.

Comme personne ne répondait, les trois détectives pensèrent que la maison était vide. Mais, juste au moment où ils allaient tourner les talons, Mme Watson vint leur ouvrir.

– Ah, mes chers enfants ! s'exclama la gouvernante en les serrant chaleureusement dans ses bras. Entrez ! Entrez donc !

– Ce matin, nous avons appris la terrible nouvelle, poursuivit la vieille dame. Sir Arthur était tellement choqué qu'il n'a pas voulu que je l'accompagne. Il a insisté pour que je reste ici au cas où il y aurait du nouveau.

– Vous voulez dire qu'il n'est pas ici ? demanda Agatha qui avait du mal à cacher sa déception.

– En effet, ma chérie. L'un de ses meilleurs amis, M. Stead, était à bord du paquebot. Sir Arthur est aussitôt parti se renseigner à son sujet.

Les enfants et Snouty échangèrent un regard consterné. Il était exact que le journaliste qui avait acheté la momie s'était lui aussi embarqué sur le

Titanic. Toute cette affaire commençait à prendre des proportions alarmantes.

– Je n'ai jamais vu sir Arthur dans un tel état, poursuivit Mme Watson. Il est parti si précipitamment qu'il a failli tomber dans l'escalier. Il tenait absolument à se rendre chez M. Stead pour offrir son soutien et son aide à ses proches.

Comme son amie ne disait rien, Alfred décida d'annoncer lui-même la nouvelle à la gouvernante :

– Figurez-vous qu'Hercule aussi était à bord du *Titanic.*

– Grands dieux ! s'écria la femme. Puis elle prit les mains d'Agatha.

– Ma pauvre chère enfant. Comment va ta maman ? Est-ce que vous savez quelque chose ? demanda-t-elle, pleine de sollicitude.

– Pour l'instant, rien du tout, répondit la fillette. La White Star Line n'a fait aucune annonce.

Soudain, la sonnerie du téléphone retentit et Mme Watson s'écria :

– C'est sûrement sir Arthur ! Je ne serai pas longue.

Tandis que la gouvernante allait décrocher, Agatha entra dans le salon et alla s'asseoir dans le fauteuil de M. Doyle. Cela lui donnait l'impression d'être plus près de lui, et elle en avait besoin en ces heures d'incertitude où les mauvaises nouvelles pleuvaient de toutes parts.

Alfred aussi était triste. Hercule n'était pas son majordome, mais ils avaient passé des moments formidables ensemble depuis qu'il était entré dans le cercle des Miller. Le garçon décida qu'il devait se montrer au moins aussi courageux qu'Agatha, qui, contre vents et marées, faisait preuve d'une vaillance exemplaire.

Quand Mme Watson revint dans le petit salon avec une tasse de thé pour chacun, la jeune détective lui demanda :

– Eh bien ? Vous avez des nouvelles ?

– Non. C'était M. Stoker. Ces derniers temps, il téléphone à tout bout de champ.

– Vous voulez parler de Bram Stoker ? s'enquit Alfred, surpris.

– Tout à fait. Le pauvre homme ne cesse d'essayer de joindre sir Arthur, mais il n'est jamais là quand il l'appelle.

Alfred songea que l'écrivain avait tort de négliger ses vieux amis. Deux jours plus tôt, ils avaient croisé M. Stoker sur les bords de la Tamise, et M. Doyle n'avait apparemment pas trouvé le temps de parler avec lui. Ses visites chez les Zancig le tenaient trop occupé pour cela, et maintenant, avec le naufrage du *Titanic*, et alors que le romancier était sans nouvelles de M. Stead, M. Stoker allait avoir encore plus de mal à le joindre.

Quand les trois amis regagnèrent la maison des Miller, ils étaient abattus. Ils n'étaient pas les seuls : la ville tout entière était traumatisée par le naufrage du paquebot. Mais le plus dur à supporter était l'incertitude. Au début, les journaux avaient rapporté qu'il n'y avait eu aucune victime. Mais, ensuite, les pires craintes du public s'étaient confirmées. Non seulement il y avait eu des morts, mais leur nombre ne cessait de croître de jour en jour. Personne ne savait ce qu'il était advenu des survivants, si ce n'est qu'ils étaient enfin arrivés à New York.

Agatha et sa mère avaient envoyé des télégrammes un peu partout pour essayer d'obtenir des informations, et en tout premier lieu à M. Miller, qui était en déplacement en Hongrie, mais il était peu probable qu'il reçoive leur message avant plusieurs semaines.

De son côté, Agatha avait écrit à ses connaissances new-yorkaises, sa grand-mère Miller et ses amis. Mais les lignes télégraphiques étaient surchargées et, quand ses missives arrivèrent à destination, les réponses qu'elle reçut n'étaient déjà plus d'actualité.

Personne ne savait ce qu'il était advenu du majordome.

Cinq jours après l'annonce du naufrage, apercevant un fiacre devant la porte de M. Doyle, Agatha fila aussitôt chez l'écrivain, Snouty sur ses talons. Mais, quand elle arriva, elle le trouva sur le perron, une valise à la main.

– Vous partez en voyage ? lui demanda-t-elle, déçue.

– Ma pauvre chère petite, dit le romancier, l'air ébranlé. Mme Watson m'a tout raconté pour Hercule. Quelle tristesse... L'écrivain la serra dans ses bras, puis ajouta : Je vais à Southampton pour essayer d'en savoir un peu plus au sujet de Stead, l'informa-t-il. La White Star Line a fermé ses bureaux de Londres, à cause de l'afflux des demandes. J'allais justement me rendre chez vous pour vous offrir mon aide. Je vais tâcher de savoir ce qu'il est advenu d'Hercule. Il va bien falloir que la compagnie maritime se décide à publier un communiqué.

Agatha remercia sir Arthur, qui lui promit de la tenir informée. Puis il monta dans le fiacre, et elle le regarda partir, le cœur serré.

6

D'étranges circonstances

Comme elle rentrait chez elle, Agatha vit un autre fiacre tourner au coin de la rue. Un tel trafic dans Brown Street était inhabituel, et plus encore à cette heure matinale.

Quand la voiture à cheval s'arrêta devant la maison de M. Doyle, Howard Carter, le célèbre archéologue, en descendit.

– Bonjour, monsieur Carter, le salua la fillette en revenant sur ses pas. Vous vous souvenez de moi ? Nous nous sommes rencontrés au musée.

L'homme se retourna, visiblement surpris de la trouver là, et ôta son chapeau pour la saluer.

– Je suis venu voir sir Arthur, balbutia-t-il.

– Je crains que vous n'arriviez trop tard. Il vient de partir en voyage.

À ces mots, le visage de l'archéologue se décomposa. Il semblait très préoccupé.

– Oh, mais, il ne faut pas perdre espoir, monsieur Carter, murmura-t-elle calmement. Il se peut que M. Stead soit encore en vie.

L'égyptologue secoua la tête, puis se racla la gorge et annonça :

– Ce n'est pas pour cela que je suis ici, mademoiselle. Le naufrage du *Titanic* est une tragédie, mais ce qui m'amène ici est bien pire encore.

– Que voulez-vous dire ? demanda la fillette en fronçant les sourcils.

– Bram Stoker, répondit l'homme d'un ton lugubre. Il est mort cette nuit dans des circonstances troublantes.

*

Agatha avait l'impression d'être l'héroïne d'un roman d'horreur. Les drames ne cessaient de s'enchaîner, comme dans un cauchemar.

Que se passait-il depuis une semaine ? Le monde entier vivait dans la terreur. Et tout comme Alfred, elle ne pouvait s'empêcher de penser que tout cela avait un lien avec la terrible prophétie de Sheela.

Mais, malgré l'angoisse qui lui étreignait le cœur, elle n'en laissa rien paraître. De toute évidence, M. Carter éprouvait le besoin de s'épancher.

C'est pourquoi elle l'invita à entrer chez elle pour prendre une tasse de thé. C'était la moindre des politesses en l'absence de sir Arthur, et cela ne pouvait pas leur faire de mal.

Dès qu'ils eurent gagné le jardin d'hiver, Snouty fila se coucher sur son coussin de velours rouge à galon doré. Tandis que l'archéologue prenait place dans un fauteuil en osier, Agatha raviva les flammes du petit poêle. L'atmosphère chaleureuse aida Howard Carter à se détendre et, au bout de quelques secondes, il déclara :

– Bram Stoker est mort hier d'une crise cardiaque. C'est arrivé en pleine nuit alors qu'il était dans son lit.

Agatha ne trouvait rien d'étrange à cela, aussi demanda-t-elle à l'archéologue :

– Vous avez fait allusion à des circonstances troublantes. Qu'entendez-vous par là ?

Howard Carter se racla à nouveau la gorge. Il se comportait de la même manière que la première fois qu'elle l'avait rencontré, à cette différence près qu'il était d'humeur beaucoup plus loquace lorsqu'ils étaient au musée.

– Mme Stoker venait d'aller se coucher et ne dormait pas encore lorsqu'elle a entendu son époux pousser des cris dans la chambre voisine, reprit-il enfin. Le temps qu'elle se lève pour lui porter secours, il était déjà trop tard. Le pauvre homme était mort, un doigt pointé vers un recoin obscur de la pièce, comme s'il montrait quelque chose.

À ces mots, Snouty haussa un sourcil intrigué.

– L'alcôve qu'il désignait était vide, poursuivit l'explorateur. Mais le plus impressionnant, c'était le masque de terreur sur ses traits. On aurait dit qu'il venait de voir un fantôme.

Agatha reposa sa tasse de thé sur le petit guéridon.

– Vous dites que Bram Stoker a poussé des cris, souligna la fillette après quelques instants de réflexion. Sa femme sait-elle ce qu'il disait ?

– C'est justement cela le plus étrange, continua Carter. Stoker ne cessait de répéter un seul et unique mot, qui a ébranlé toute la famille.

La jeune détective releva le menton et attendit que Carter s'explique. Elle était convaincue que ce qui allait suivre était d'une importance capitale.

– Alors qu'il était en train de mourir, Stoker ne cessait de répéter «*strigoï*», précisa l'archéologue. Comme je ne connaissais pas ce mot, j'ai fait des recherches et...

Agatha hocha lentement la tête, même si elle brûlait de connaître la réponse.

– *Strigoï* signifie «esprit malfaisant» en roumain, expliqua Carter. Ce qui n'est pas ordinaire, vous en conviendrez. Ses proches se demandent si Bram Stoker n'était pas devenu fou.

– C'est votre sentiment ? lança une voix depuis la porte du jardin d'hiver.

Agatha, Snouty et Carter se retournèrent et virent Alfred debout sur le seuil. Il y avait un petit moment déjà que le garçon était là, mais il n'avait pas voulu interrompre le récit de l'égyptologue.

Il s'approcha de son amie et de son invité, se servit une tasse de thé, puis, une fois installé dans un fauteuil en rotin, demanda de nouveau :

– Vous pensez que Bram Stoker avait perdu la raison ?

– Je pense que l'accumulation des soucis l'avait profondément ébranlé, expliqua Carter. Comme vous le savez, il traversait une passe difficile.

– Oui, nous le savons, reconnut Alfred. Mais il y a un détail important que nous ne saurions oublier : ces derniers temps, M. Stoker n'arrêtait pas d'essayer de joindre sir Arthur. Il avait quelque chose à lui dire qui lui semblait très important.

– Vraiment ? s'enquit l'homme, visiblement surpris.

– Oui, oui, confirma Agatha. Moi aussi, je me suis posé des questions sur les coups de fil répétés de Bram Stoker. Quelque chose le tracassait. Et il cherchait désespérément à joindre M. Doyle.

– Voilà qui est étrange, conclut l'archéologue en se frottant le menton. Nous faisons tous appel à Arthur quand nous avons un problème.

La fillette en était venue à la même conclusion. Il y avait d'autres énigmes à élucider. Ainsi, elle voyait bien que l'égyptologue était agité et semblait préoccupé.

En temps normal, quand quelqu'un vous confiait un secret, ses traits se détendaient. Mais l'expression de M. Carter était toujours aussi sombre. Elle se demanda si cela avait un rapport avec la conversation qu'il avait eue en privé avec M. Doyle quand ils étaient au musée. Agatha décida de se jeter à l'eau et de lui poser toutes les questions qui lui trottaient dans la tête.

– Quelque chose me dit que la raison pour laquelle vous êtes venu voir sir Arthur n'a rien à voir avec la mort de M. Stoker, suggéra-t-elle d'une voix douce.

Le regard stupéfait que lui lança Carter lui indiqua qu'elle avait vu juste. Comme il gardait le silence, elle insista :

– Il se passe quelque chose au musée, n'est-ce pas, monsieur Carter ?

L'homme avala sa salive. Il semblait hésiter. Il posa sa tasse sur la table, puis se leva et fit quelques pas dans la pièce en se frottant nerveusement les mains.

Alfred, Agatha et Snouty attendirent poliment que l'égyptologue se décide à leur faire part de ses préoccupations.

– Eh bien, je crois que toutes ces catastrophes sont dues à la momie, lâcha-t-il enfin.

– La momie ? répéta Alfred, incrédule. Vous voulez parler d'Amon-Râ ? Celle qui se trouvait à bord du *Titanic* ?

– Absolument, confirma l'archéologue. Cette momie est porteuse d'une malédiction, et, depuis que nous l'avons exposée dans le musée, les catastrophes n'ont cessé de s'enchaîner : le paquebot a sombré,

Stoker est mort... On dirait qu'elle est à l'origine de toutes ces tragédies. Et la malédiction se poursuit. Des faits inexplicables se sont produits.

– Que voulez-vous dire ? demanda Alfred.

Carter se tourna vers lui. Il semblait prêt à se confier.

– Vous vous souvenez du chat ? Celui de l'exposition ?

– Omizou, confirma la fillette.

– Oui, le chat momifié, ajouta le garçon.

Howard Carter hocha la tête.

– Eh bien, cette maudite bête ne cesse de nous poser des problèmes depuis l'inauguration. Dès l'instant où nous l'avons installée à côté de la momie, elle a adopté un comportement bizarre.

– Quel genre de comportement ? demanda Alfred, amusé.

L'archéologue le foudroya du regard. Il n'appréciait pas son ton moqueur.

– Elle bouge toute seule.

Cette fois, tous écarquillèrent les yeux, y compris Snouty.

– Je vous le jure, insista Carter. Il s'agit d'un phénomène tellement étrange que je ne parviens pas à l'expliquer. En début de journée, le chat est de face, mais le soir venu nous le retrouvons de dos. La vitrine est scellée hermétiquement et personne n'y a accès. C'est tout bonnement incompréhensible.

– Mais comment est-ce possible ? s'exclama Alfred. N'avez-vous pas dit qu'il était mort depuis des siècles ?

– J'ai l'intime conviction qu'il subit l'influence de la momie, poursuivit l'archéologue. Quand les employés du musée ont commencé à se plaindre, j'ai décidé de me débarrasser du sarcophage et je l'ai vendu à Stead. Mais cela n'a rien changé.

– Attendez, l'interrompit Alfred. Vous voulez dire que c'est à cause de cette momie que le *Titanic* a fait naufrage, qu'un écrivain est devenu fou et qu'un chat vieux de mille ans a soudain repris vie ?

– Précisément, confirma l'archéologue.

– Mais ça n'a pas de sens, s'écria le garçon.

– Je sais, dit Carter. Mais quand j'ai appris la mort de Stoker, j'ai acquis la certitude que la momie exerçait un pouvoir surnaturel. Si vous vous souvenez, il était là le jour de l'inauguration. Et il l'a approchée.

Les jeunes détectives restèrent bouche bée.

– J'étais venu pour demander conseil à Arthur. Et voilà qu'il est en voyage. Je ne sais plus quoi faire. Je suis désespéré.

– Si vous voulez, nous pouvons aller au musée, ne serait-ce que pour jeter un coup d'œil à la statuette, proposa Alfred. Je ne peux pas vous promettre de résultats, mais sachez que notre agence est très efficace.

Agatha approuvait cette initiative. Il lui semblait naturel d'épauler l'égyptologue en l'absence de sir Arthur.

– Je sais que vous êtes des gens sérieux, déclara Carter, reconnaissant. D'ailleurs, Arthur a entièrement confiance en vous.

Agatha lui promit qu'ils passeraient au musée. L'archéologue la remercia, puis s'excusa, expliquant qu'il devait retourner travailler. Cependant, avant de prendre congé, il lança, l'air maussade :

– Si nous n'obtenons pas de nouvelles de Stead et de la momie, c'est qu'ils auront sombré corps et âme.

Agatha pria le ciel pour qu'Hercule n'ait pas connu un sort identique, même si, de son point de vue, l'absence de nouvelles était plutôt bon signe. Tout au moins tant qu'on n'avait pas épuisé toutes les raisons d'espérer.

7

Une nouvelle enquête

Après le départ de l'égyptologue, les enfants et Snouty entreprirent d'analyser la situation de la façon la plus rationnelle possible. Tous ces mystères étaient totalement incompréhensibles et, pour la première fois de son histoire, l'agence Miller & Jones allait devoir résoudre plusieurs énigmes.

À commencer par ce qui s'était passé au musée. Les jeunes détectives n'étaient pas superstitieux, et Alfred ne croyait pas un mot de ce que Carter leur avait raconté, mais l'archéologue avait l'air on ne peut plus sérieux et Agatha estimait qu'il était de leur devoir de lui prêter main-forte. Car, quelle qu'elle puisse être, il y avait forcément une explication.

Howard Carter affirmait que tout cela était la faute du maudit sarcophage, mais les enfants refusaient de se prononcer en l'absence de preuves. Peut-être la visite au musée leur permettrait-elle de réunir des éléments qui, pour l'instant, leur échappaient.

Mais, plus que tout le reste, ce qui préoccupait Agatha était les circonstances de la mort de Bram Stoker. Quand elle avait rencontré l'écrivain sur les bords de la Tamise, il ne lui avait pas donné l'impression d'être fou. Il avait l'air de quelqu'un de malade et de contrarié par l'attitude de sir Arthur, mais certainement pas d'un homme ayant perdu la raison.

Agatha pensa presque toute la nuit aux révélations de M. Carter. Quelque chose dans cette histoire ne tenait pas debout. Et le lendemain matin, quand Mme Miller aborda le sujet au petit-déjeuner, une sensation étrange recommença à l'envahir.

– Quelle tristesse pour Bram Stoker ! se lamenta Clara au-dessus de ses œufs au plat. Je suis restée sans voix quand Mme Hubbard m'a annoncé la nouvelle, hier. C'est le cœur qui a lâché apparemment.

En réalité, Mme Miller était moins affectée qu'elle ne le laissait entendre, car elle entreprit aussitôt de tartiner généreusement son petit pain avec du beurre. Son flegme était tellement exaspérant qu'Agatha sortit de ses gonds et déclara de but en blanc :

– Il se pourrait que ce soit plus compliqué qu'il n'y paraisse.

– Pourquoi dis-tu cela, ma chérie ? Est-ce à cause des horribles paroles qu'il a proférées avant de mourir ? Ne t'inquiète pas. Les médiums sont sur l'affaire.

La fillette lui jeta un regard surpris. Elle ne comprenait pas à qui sa mère faisait référence.

– Les Zancig se sont rendus hier chez M. Stoker, expliqua cette dernière avec l'air supérieur de quelqu'un qui détient des informations capitales. Ses proches étaient terrifiés après ce qui s'était passé. Ils craignent qu'un esprit malin ne se soit introduit dans leur maison.

Agatha se pétrifia. Quelqu'un d'autre était déjà en train de mener une enquête et elle ne savait pas s'il fallait s'en réjouir ou s'en inquiéter.

Voyant que sa fille ne disait rien, Mme Miller lui tendit le journal du matin. Apparemment, les Zancig étaient allés inspecter la chambre à coucher de M. Stoker afin de déterminer la cause de l'infarctus, et avaient refusé de se faire payer.

– Ce sont des gens si généreux, affirma la mère d'Agatha. Sans doute savaient-ils que la famille Stoker connaît des difficultés financières. C'est vraiment très gentil de leur part. Et puis n'oublions pas que la jeune Sheela a prédit la tragédie du *Titanic* quelques heures avant le naufrage. Nous devrions leur demander d'entrer en communication avec notre cher Hercule.

– Comment cela ? voulut savoir Agatha, affolée.

– Calme-toi, ma chérie. Je ne faisais que suggérer une séance de spiritisme. Au cas où Hercule aurait un message à nous communiquer depuis l'au-delà.

– Mais, enfin... !

– Chut ! fit sa mère en jetant des coups d'œil nerveux autour d'elle. Il se pourrait que le brave homme soit en ce moment même avec nous dans cette pièce. Nous devons faire attention à ce que nous disons si nous ne voulons pas le froisser.

– Je n'arrive pas à y croire ! s'emporta la fillette. Tu le déclares mort alors que la White Star Line n'a même pas encore publié la liste des disparus !

– Cela va faire sept jours que le bateau a sombré ! Il n'y a aucune chance pour qu'Hercule ait survécu. Tu dois l'accepter, que cela te plaise ou non. C'est la vie.

– Pour toi, peut-être. Mais, moi, je refuse de croire qu'Hercule n'est plus de ce monde ! Et je ne me résignerai jamais.

Agatha se leva brusquement, s'empara du quotidien posé sur la table, et se dirigea vers l'escalier. Snouty regarda subrepticement Mme Miller, qui avait recommencé à beurrer sa tartine comme si de rien n'était, puis s'empressa d'aller rejoindre son amie. Sa place était à ses côtés, même si elle ne pouvait pas faire grand-chose pour la consoler.

La jeune détective entra dans sa chambre et fit claquer rageusement la porte. Quand elle eut recouvré son calme, elle s'assit sur son lit et entreprit de lire l'article du journal. Son auteur ne tarissait pas d'éloges à propos du travail remarquable effectué par les Zancig, qui, à en croire sa mère, avaient proposé gracieusement leurs services à Mme Stoker. Les médiums avaient confirmé que la maison n'était pas hantée. D'après eux, la mort de l'écrivain était parfaitement naturelle.

Mais pour Agatha il subsistait des zones d'ombre, comme les coups de fil répétés de Stoker à sir Arthur et, même si les policiers avaient conclu à un accès de folie, elle refusait d'y croire pour le moment.

Un grattement à la porte la tira soudain de ses réflexions. Snouty ! Pendant tout ce temps, la petite chienne était restée dehors, attendant patiemment que son amie se soit calmée.

Agatha courut lui ouvrir et annonça d'une voix ferme :

– Snouty Jones, je viens de prendre une décision. Nous allons découvrir ce qui est arrivé à Bram Stoker.

*

Il suffit à la jeune détective d'aller trouver Mme Watson pour obtenir l'adresse de Bram Stoker. Dès qu'elles virent à quoi ressemblait la nouvelle maison de la famille Stoker, Agatha et Snouty comprirent que la situation financière de l'auteur de *Dracula* n'était pas florissante.

L'édifice était plus que modeste, avec des volets et une façade à la peinture écaillée. Le seul charme de l'endroit était un minuscule jardin, avec très peu de végétation, où un individu à l'aspect débraillé était en train de bêcher la terre. La fillette s'approcha du jardinier à l'air renfrogné.

– Excusez-moi, lui dit-elle poliment. Vous êtes employé ici ?

L'homme fit tout d'abord mine de l'ignorer, puis il lâcha sa bêche et, la foudroyant du regard, répondit d'une voix bourrue :

– Qu'est-ce que tu t'imagines ? Que je fais ça pour mon plaisir ?

Son haleine fétide incita Snouty à se reculer de quelques pas. Mais pas Agatha, qui était fermement décidée à aller jusqu'au bout de son interrogatoire. Le jardinier était manifestement l'employé à tout faire de la maison, autrement dit la personne idéale pour se renseigner sur les habitudes de la maison.

– J'enquête sur la mort de M. Stoker, lança-t-elle d'un air dégagé, et j'aimerais vous poser quelques questions.

Sur ces mots, elle sortit un carnet de notes comme l'aurait fait un journaliste. L'homme tira une petite flasque de la poche de son manteau et en prit une rasade, avant de demander d'un ton grinçant :

– Et en quoi une morveuse dans ton genre est-elle concernée ?

– Je suis convaincue que quelque chose d'anormal s'est passé là-haut, répondit Agatha en pointant son crayon vers la fenêtre du premier étage. Je connaissais M. Stoker, et je doute fort qu'il ait perdu brusquement la raison.

– Sur ce point, je suis d'accord.

L'employé ramassa sa bêche et se remit au travail, l'air indifférent. Mais la jeune détective savait qu'elle avait réussi à capter son attention. Elle lança un regard complice à Snouty, et revint à l'attaque.

– Donc, vous aussi, vous pensez que les circonstances de sa mort sont étranges...

L'homme laissa passer un certain temps avant de répondre :

– Moi, je ne sais que ce que j'ai raconté à la police. Mais ils n'ont pas voulu me croire sous prétexte que je bois du whisky.

– Et qu'est-il arrivé, d'après vous ?

– Je ne saurais pas dire exactement, concéda le jardinier en s'appuyant sur le manche de sa bêche. Mais toujours est-il que M. Stoker s'est mis à crier au moment où j'étais en train de fermer la grille. Du coup, j'ai eu peur et je me suis retourné. Et c'est à ce moment-là que je l'ai aperçu.

– Aperçu quoi ? s'exclama Agatha, quelque peu troublée.

– Le vampire.

L'homme sourit et reprit une gorgée de gnôle.

– Vous pouvez répéter ? demanda la fillette tout en songeant qu'en effet, il buvait trop.

– Le vampire ! Oui, une de ces créatures qui vous sucent le sang ! C'est bien d'elles que parlent les livres de M. Stoker, non ? Eh bien, moi, j'en ai vu un le soir de sa mort. Il détalait, paniqué, dans le jardin, et puis d'un seul coup il a disparu dans la brume.

– Attendez, l'interrompit Agatha. Vous voulez dire qu'un vrai vampire est responsable du décès de M. Stoker ?

– Je ne sais pas si c'est lui qui l'a tué. Mais je l'ai vu de mes yeux et il était d'une laideur à faire peur. Chauve, avec la peau si blanche qu'elle luisait dans la nuit. Et il avait des dents affreuses, pointues et sanglantes.

La jeune détective resta sans voix. Elle se demandait si elle n'était pas elle-même en train de perdre la raison. Heureusement que Snouty était avec elle.

Le jardinier recommença à bêcher la terre.

– Et où avez-vous vu ce vampire, exactement ?

– Là-bas, fit l'homme en pointant le doigt devant lui. Il traversait le jardin en courant !

– Mais cela ne prouve pas qu'il ait été en contact avec M. Stoker, réfléchit la fillette à haute voix. Vous étiez sorti de la maison pour aller fermer la grille, c'est bien ça ?

– Moi, tout ce que je sais, c'est que je me suis retrouvé nez à nez avec cette drôle de bestiole, grommela le domestique. Et que j'ai cru mourir de peur. Elle devait certainement venir de la chambre de M. Stoker.

– Qu'est-ce qui vous permet d'affirmer une chose pareille ? s'enquit la fillette, qui commençait à s'impatienter. Vous avez dit que la créature était dans le jardin. Qu'est-ce qui vous donne à penser qu'elle était dans sa chambre ?

– Le fait qu'elle soit sortie en rampant le long du mur de la maison, pardi ! Et quand madame est entrée et qu'elle a trouvé monsieur mort, la fenêtre était grande ouverte ! Je l'ai entendue crier, bon sang de bonsoir !

Agatha se figea. L'homme montrait du doigt le balcon de Stoker, où le tuyau d'une gouttière rendait cette histoire plausible.

– Tu vois ? s'exclama-t-il. Elle a dû descendre par là pour s'échapper ensuite par le jardin. C'est facile. Même moi, je pourrais le faire.

Sur ce, l'ivrogne éclata de rire. Puis il empoigna à nouveau sa bêche et recommença à retourner la terre sans plus prêter attention à la fillette. Agatha savait qu'elle avait glané toutes les informations dont elle avait besoin. Ces explications étaient d'une importance capitale et elle devait aller trouver Alfred sur-le-champ.

8

Le mystère du musée

– Il est fou à lier, décréta Alfred lorsqu'Agatha lui eut relaté sa rencontre avec le jardinier. Je ne crois pas un mot de cette histoire.

Les trois amis étaient en route pour le British Museum et marchaient d'un bon pas. Ils avaient décidé d'aller jeter un coup d'œil au chat momifié de Howard Carter.

– C'est pourtant une théorie crédible, insista la fillette.

– Je ne sais pas. Mais une chose est certaine : les vampires n'existent pas. Et si la police n'a pas fait cas de son témoignage, c'est qu'il y a une bonne raison à cela.

– Cet homme disait la vérité, Alfred. Sa version des faits m'a paru convaincante. Et je pense que nous devrions creuser la question.

– Très bien, approuva le garçon. Si tu trouves la réponse, tiens-moi au courant.

Agatha haussa les épaules, déterminée à poursuivre son enquête coûte que coûte. Cet après-midi, Alfred avait accepté à contrecœur de l'accompagner. Le cas du chat momifié ne l'inspirait guère.

Tous les trois traversèrent le hall du musée, puis continuèrent tout droit jusqu'à la salle des antiquités égyptiennes, où Howard Carter était occupé à discuter avec des visiteurs. Quand il parvint enfin à se libérer, il s'excusa :

– Désolé de vous avoir fait attendre, mais, depuis que le bruit court qu'il y aurait une malédiction, nous battons des records d'affluence et les gens passent leur temps à me harceler de questions.

L'égyptologue les mena jusqu'à l'endroit où se trouvait l'animal momifié.

Alfred se campa, bras croisés, devant la vitrine. Le chat Omizou les observait depuis son piédestal, à demi tourné de côté. D'après Carter, il n'avait cessé de changer de position depuis le début de la journée.

– Chaque matin, nous le plaçons de face, expliqua-t-il, et le soir, à l'heure de la fermeture, nous le retrouvons de dos. Comme s'il réussissait à pivoter imperceptiblement sur lui-même.

– Mais ne disiez-vous pas que personne n'avait accès à la vitrine ? s'étonna Alfred sans quitter l'animal des yeux. Comment est-ce possible ?

L'archéologue tira de sa poche son trousseau de clés.

– Une seule de ces clés permet de l'ouvrir, précisa-t-il. Ainsi, nous sommes certains que la figurine égyptienne est à l'abri d'éventuelles dégradations.

Alfred hocha la tête. La minuscule momie reposait sur un petit socle de bois de forme circulaire qui avait la taille d'une assiette. Rien de suspect à première vue ; c'est pourquoi le garçon demanda à Snouty de renifler le plancher autour de la vitrine. Ce qu'elle fit de mauvaise grâce. Car elle n'aimait pas spécialement les chats, surtout quand ils étaient morts depuis des milliers d'années.

– Snouty n'a rien flairé de particulier, conclut Alfred quand elle se fut acquittée de sa mission. La figurine tourne-t-elle toujours dans le même sens ?

– Oui, confirma l'archéologue. Et j'ai beau me creuser la cervelle, je ne comprends pas pourquoi.

– Est-ce pour cela que vous avez invoqué la malédiction de la momie ? intervint Agatha.

L'homme tenta de se justifier :

– Je ne savais plus quoi faire. Le jour où vous êtes venus, j'en ai parlé à sir Arthur. Je ne suis pas du genre à croire à ces sortes de choses, mais cette histoire est tellement abracadabrante que j'ai fini par me dire qu'il s'agissait d'un phénomène surnaturel. Et Arthur a fait appel aux Zancig.

– Comment ? s'écria la fillette, stupéfaite.

– Les Zancig, répéta M. Carter. Ce couple de médiums, amis de Doyle. Ils sont venus dès le lendemain pour examiner le chat. Sans exiger la moindre rétribution.

Bien que ne sachant pas comment interpréter ces paroles, Agatha acquiesça d'un hochement de tête.

– Et qu'ont dit les... Zancig ? s'enquit Alfred.

– Pas grand-chose, reconnut l'homme, l'air dépité. Ils m'ont promis de revenir pour poursuivre leurs recherches. Mais ils ne l'ont pas fait.

– Allons bon..., soupira Agatha en faisant mine de compatir. Je suis désolée pour vous, M. Carter.

– D'un autre côté, c'est compréhensible, dit l'égyptologue en haussant les épaules. Depuis le naufrage du *Titanic*, ils croulent sous les demandes. Nous sommes tous concernés, mais il y a tellement de gens qui ont perdu des parents et qui ont besoin de leur aide. Si incroyable que cela puisse paraître, ils avaient prédit que le bateau allait sombrer.

La fillette hocha de nouveau la tête, tout en jetant un regard en coin à son ami. Alfred était clairement dubitatif, même s'il feignait l'indifférence.

– Vous disposez d'informations concernant le chat ? demanda-t-il, changeant brusquement de sujet.

– Bien sûr, répondit Carter. Je peux vous montrer sa notice d'exposition.

Alfred accepta volontiers. La vitrine ne présentait aucune anomalie ni dedans ni dehors, ils allaient donc devoir enquêter sur les origines de la relique.

L'archéologue leur remit la fiche, qui, outre une photo de l'animal et de l'urne funéraire, comportait tous les détails relatifs à son histoire et à sa découverte. Le garçon déclara qu'il reviendrait pour examiner la figurine de plus près. Il n'en avait pas spécialement envie, mais cette maudite bestiole semblait leur tenir tête, et il en allait de l'honneur de l'agence Miller & Jones.

Agatha se félicitait de voir que son ami prenait les choses en main, car, malgré ses réticences, c'était un bon détective qui, avec un peu de chance, parviendrait à faire rapidement la lumière sur cette affaire.

*

– C'est une impression ou l'ambiance était tendue ? demanda Alfred quand ils sortirent du musée.

– Je n'en sais rien, répondit son amie, songeuse. Mais quelque chose ne tourne pas rond, à l'évidence.

– Qu'est-ce qui te fait penser ça ?

– Je trouve étrange qu'un animal momifié puisse avoir autant d'influence. Les Zancig ont été appelés à la rescousse, une fois de plus. On dirait qu'ils sont sollicités chaque fois.

– C'est logique, raisonna Alfred. Le spiritisme étant une science à la mode, tout le monde veut les consulter.

– Mais, dans ce cas, pourquoi ne sont-ils pas revenus comme ils l'avaient promis ? s'agaça Agatha. Ce sont des amis de sir Arthur. Ils auraient dû au moins s'excuser.

– Ma foi, je n'en ai pas la moindre idée. Mais s'ils croulent sous les demandes, ils ont peut-être oublié.

La fillette ne répondit rien. Elle continuait d'avancer d'un pas digne, Snouty à ses côtés, quand Alfred lança soudain :

– Tu crois vraiment que les Zancig cachent quelque chose ?

– Je n'en sais rien, mais je vais creuser la question, répliqua Agatha en serrant les poings. Howard Carter a peut-être raison de penser qu'il y a un rapport entre le chat, la momie et la mort de Bram Stoker.

– Mais que pouvons-nous faire ? Je nous vois mal allant les trouver pour les interroger.

– Ma mère a décidé d'aller les consulter. Je vais l'accompagner et essayer de découvrir quelque chose pendant la séance.

– Tu es sûre ?

– Absolument. Et Snouty viendra avec moi.

*

Alfred n'appréciait guère l'idée de se retrouver seul, sans la petite chienne, en présence d'Omizou, mais il savait qu'il serait plus utile au musée qu'ailleurs.

Le lendemain, chacun partit enquêter de son côté. Lui, au musée, et ses deux associées chez les Zancig.

Mme Miller était convenue avec les médiums de les rencontrer en tout début d'après-midi, avec sa fille, qui voulait connaître les circonstances de la disparition d'Hercule et lui avait proposé de l'accompagner.

Lorsqu'elles se présentèrent chez les médiums, Agatha constata, à son grand soulagement, que les gens ne faisaient pas la queue sur le trottoir, comme le jour de la démonstration.

Mais quand elle lut l'affiche placardée à l'extérieur du local, elle crut qu'elle allait défaillir :

ENTREZ EN COMMUNICATION
AVEC LE *TITANIC*
Si vous avez perdu un être cher,
venez parler avec lui !

Ce fut Mme Zancig qui les accueillit. Elle les salua avec effusion, et se dit enchantée de faire la connaissance de Mme Miller. Cependant, lorsqu'elle baissa les yeux et vit la petite chienne, son regard s'emplit de dégoût.

– Je crains que les animaux ne soient pas admis dans notre établissement, et que ce chien ne doive rester dehors.

Agatha protesta :

– Mais enfin, maman ! Tu ne comprends pas que Snouty peut nous être utile ?

– Comment cela ? répliqua sa mère. Je ne sais même pas pourquoi tu l'as amenée !

Mme Zancig proposa alors que la chienne attende dans le vestibule. Ce serait toujours mieux que dans la rue, non ? La fillette donna une caresse à son amie pour se faire pardonner. Elle regrettait de ne pas l'avoir laissée accompagner Alfred au musée. Car là-bas, au moins, elle aurait pu se rendre utile.

Puis Mme Zancig les mena dans la salle du théâtre dont toutes les chaises avaient été ôtées.

– Veuillez prendre place ici, les invita-t-elle en désignant une table ronde recouverte d'une nappe. Nous allons commencer tout de suite.

Tandis qu'Agatha et Clara Miller s'asseyaient, la femme alla baisser l'éclairage jusqu'à plonger la pièce dans une semi-obscurité. Puis elle vint se joindre à elles.

– Bien, dit-elle. Pouvez-vous me dire qui est le défunt ?

– Il s'agit de notre majordome, répondit Clara Miller. Il voyageait à bord du *Titanic.*

– Je suis sincèrement désolée, dit la médium en prenant la main d'Agatha d'un côté et celle de sa mère de l'autre afin de former un cercle.

Quoiqu'impatiente de découvrir ce qui allait se passer, Agatha était malgré tout méfiante. Elle avait beau se répéter qu'ils n'avaient aucune preuve de la disparition d'Hercule, elle craignait que cette femme puisse entrer en contact avec lui, comme l'avait fait Sheela avec le père de Mlle Roberts.

Soudain, elle se demanda où était la jeune fille, et si elle aurait l'occasion de la voir cet après-midi. Mais, au même instant, la main de sa mère se resserra autour de la sienne pour l'obliger à se concentrer.

Mme Zancig avait fermé les yeux et Mme Miller suggéra à Agatha d'en faire autant. Enfin, la médium était prête. La séance pouvait commencer.

– Esprits et présences de l'au-delà, invoqua-t-elle d'une voix caverneuse, je vous supplie d'établir le contact. Montrez-vous à moi.

Agatha ouvrit un œil. Rien ne semblait se passer autour de la table. Mme Zancig demeurait concentrée, les paupières closes. La fillette jeta un regard sur sa droite, mais voyant que sa mère l'observait, elle ferma les yeux.

– La force des ténèbres est intense cet après-midi, poursuivit la médium. Je veux parler avec la présence la plus importante pour ces deux personnes. Hercule ! Nous cherchons Hercule !

Agatha sursauta en entendant proférer le nom du majordome. Cependant, elle garda les paupières fermées. Mais elle sentit la main de sa mère se relâcher et les rouvrit.

– Je crois que nous avons de la chance, dit Mme Zancig. Hercule est avec nous.

Mme Miller regarda autour d'elle, visiblement impressionnée, les narines frémissantes d'émotion.

– Où est-il ? murmura-t-elle.

La médium ne lui répondit pas. Elle ferma à nouveau les yeux et rejeta la tête en arrière. Puis elle inspira profondément, et rouvrit les paupières.

– Hercule nous dit qu'il n'aime pas l'océan. Qu'il n'aime pas être aussi loin.

– Dieu du ciel, bredouilla Mme Miller. Nous devons lui manquer terriblement.

– Terriblement, oui, confirma la femme. Il regrette de s'être embarqué sur ce bateau. Apparemment, il était heureux chez vous.

– Oh... Hercule...

Mme Miller était au bord des larmes. Mais Agatha refusait de se laisser gagner par l'émotion. Pour l'instant, les révélations de Mme Zancig n'avaient rien de fracassant.

– Hercule me dit qu'il voudrait vous demander pardon.

Mme Miller lança un regard surpris à la voyante, tandis qu'Agatha se raidissait sur son siège. Cette remarque était pour le moins inattendue.

– Hercule confesse qu'avant de partir en voyage, il vous a trahie. Il a mal agi. Et il est pétri de remords.

Mme Miller jetait des coups d'œil nerveux autour d'elle. La lumière des candélabres s'était mise à vaciller. Mme Zancig semblait sur le point de leur faire une révélation capitale.

– Hercule regrette amèrement de ne pas avoir emporté la patte de lapin avec lui ! s'écria-t-elle soudain.

L'estomac d'Agatha se noua. C'était impossible. Comment cette femme pouvait-elle le savoir ? Possédait-elle réellement des pouvoirs surnaturels ?

Sa mère étouffa un violent sanglot. Cette confession la bouleversait.

Mme Zancig poursuivit :

– Hercule ignore si c'est la raison pour laquelle le *Titanic* a fait naufrage. Mais il est venu de l'au-delà pour vous remercier, madame Miller. Il vous demande de ne pas vous faire de reproches, car vous avez fait tout ce que vous pouviez.

Cette fois, Clara éclata en sanglots pour de bon. Sentant les larmes ruisseler sur ses joues, elle lâcha la main d'Agatha pour sortir un mouchoir de son sac. Mais la médium s'écria, la faisant sursauter :

– Non ! Le cercle ne doit pas être rompu !

Trop tard ! La table autour de laquelle elles étaient assises se mit à vibrer, comme secouée par un tremblement de terre.

– Que se passe-t-il ? s'exclama Clara en se cramponnant au bras de sa fille.

Mme Zancig ne répondit pas. Elle posa les mains sur le guéridon pour tenter de l'immobiliser. En vain. Les forces de l'au-delà étaient déchaînées.

– Surtout, pas un geste ! cria-t-elle. Nous devons attendre que les esprits soient calmés !

Agatha n'avait jamais cru aux phénomènes paranormaux, mais elle était bien obligée de reconnaître que la table bougeait toute seule, et elle se sentit gagnée par une sourde appréhension.

Le guéridon continua de s'agiter encore pendant quelques secondes, puis les soubresauts cessèrent peu à peu. La fillette inspira profondément. Elle était tellement impressionnée qu'elle n'osait pas remuer ne serait-ce que le petit doigt. Mme Zancig s'adressa à elle avec douceur :

– Il ne faut pas avoir peur, chère enfant. Les esprits sont nos amis.

– Vous en êtes certaine ? demanda Agatha d'une voix tremblante.

– Enfin... certains aiment bien nous jouer des tours, mais la plupart sont de bonnes âmes. Il ne faut pas craindre l'au-delà.

La jeune détective ne savait si elle devait la prendre au sérieux. Jamais elle ne s'était trouvée dans une telle situation. Elle était accablée par la disparition d'Hercule, même si elle n'arrivait pas à y croire.

La séance était terminée, mais Mme Zancig mit Mme Miller en garde :

– Si vous remarquez quelque chose d'anormal, venez me voir. Le fait d'avoir rompu le cercle pourrait avoir libéré des énergies négatives. Auquel cas, nous devrons purifier votre aura.

La mère d'Agatha acquiesça d'un signe de tête, reconnaissante. Elle allait ouvrir son sac à main pour payer la médium, mais celle-ci refusa.

– Non, non, vous ne me devez rien. Votre fille est une amie intime de sir Arthur Conan Doyle et c'est un honneur pour moi de pouvoir vous aider.

– S'il vous plaît, insista Clara. Je voudrais apporter mon écot à votre cause, faire un don.

– Dans ce cas, j'accepte, dit la femme en lui tendant une carte de visite. Cette fondation prend soin des malades et des nécessiteux. Votre argent y sera bien employé.

Quand Clara prit le bristol, Agatha put lire le nom de l'institution. Il s'agissait d'un hospice. Les Zancig s'occupaient apparemment de bonnes œuvres.

– Encore merci pour votre aide, lança Mme Miller.

– Ce fut un plaisir pour moi, répondit la femme en se levant pour les raccompagner jusqu'à la sortie.

La fillette était soulagée de partir. Elle n'était pas à l'aise dans ce genre d'endroit. Quand elles émergèrent dans le couloir, elle remarqua que Snouty n'était pas seule.

Sheela s'y trouvait en compagnie du garçon aux cheveux roux. Tous deux venaient d'entrer par la porte de derrière, qui servait d'issue de secours. La jeune fille salua respectueusement Mme Miller, puis, adressant un sourire chaleureux à Agatha.

– On m'a dit que tu étais là, le jour de la représentation, précisa-t-elle. Je suis heureuse de faire ta connaissance.

– Tout le plaisir est pour moi, répondit la détective. Ta démonstration nous a beaucoup impressionnés. J'espère que tu vas mieux.

Sheela fit oui de la tête en silence, puis baissa les yeux, tandis que Mme Zancig déclarait :

– Sheela doit se reposer. Elle est encore très fatiguée. Depuis qu'elle a prédit le naufrage du *Titanic*, nous ne savons plus où donner de la tête.

Sur ces mots, la femme saisit la jeune fille par les épaules et lui fit signe de se diriger vers le fond du couloir.

– Très chère enfant, pourquoi ne vas-tu pas t'allonger un peu dans la loge ? Je te rejoins dans quelques minutes.

Sheela n'offrit aucune résistance. Après s'être excusée d'un petit geste discret de la main, elle se retira avec le garçon aux cheveux roux.

Agatha était toujours sous le choc de la séance à laquelle elle venait d'assister. De nombreuses interrogations lui trottaient dans la tête, sans qu'elle parvienne à leur trouver d'explications. Elle songea à Alfred. Son ami aurait été complètement paniqué s'il avait été avec elles autour de la table. Mais peut-être avait-il vécu des choses pires à cause du maudit chat.

Omizou ! Un peu plus et elle aurait oublié qu'elle était venue ici exprès pour élucider certains détails de l'enquête ! Aussitôt, elle entreprit d'interroger

Mme Zancig. Après tout, la médium s'était rendue au musée pour l'examiner.

– À vrai dire, c'est surtout mon mari qui s'est occupé de cette affaire, lui expliqua-t-elle quand elle lui posa la question. Mais je puis vous affirmer que la momie d'Amon-Râ dégageait une énergie incontrôlable.

– Vous avez pu la voir ? s'étonna la fillette. Je croyais que le sarcophage avait déjà été embarqué sur le *Titanic* quand vous êtes allés au British Museum.

– Oh, mais non, répondit la femme. Nous avions eu l'occasion de l'admirer le jour de l'inauguration, à laquelle sir Arthur nous avait si aimablement conviés. Il nous a fait un grand honneur, car il y avait très peu d'invités. Il a insisté pour que nous fassions la connaissance de personnalités importantes.

Agatha resta bouche bée. Elle n'arrivait pas à croire ce qu'elle était en train d'entendre.

Remarquant son étonnement, la médium confirma :

– Si, si, c'est la pure vérité. Une fois sur place, j'ai pu me rendre compte que la momie dégageait une force surnaturelle. Et contre laquelle on ne peut malheureusement rien faire. À présent, elle repose au fond des océans et il est impossible de se défaire de son influence. Y compris sur le chat.

– Vous voulez dire qu'il n'y a pas de solution ?

– On ne peut jamais jurer de rien en matière de sciences occultes. Mais une chose est certaine : ce chat bouge à cause d'Amon-Râ. Et il se passera beaucoup de temps avant que son emprise sur lui diminue.

La fillette hocha la tête sans protester. Mme Zancig croyait sans doute que ses explications l'avaient convaincue. Mais après l'évènement auquel elle venait d'assister, elle n'était plus sûre de rien. Et elle redoutait le moment où elle allait devoir faire son rapport à Alfred.

9

Deux enquêtes sur les bras

– Ils étaient là le jour de l'inauguration et pas nous ! s'indigna Alfred.

Agatha haussa les épaules. Elle aussi était déçue par l'attitude de sir Arthur. Non seulement elle regrettait que l'écrivain ne les ait pas conviés, mais la présence des médiums le jour de l'ouverture lui semblait invraisemblable. Pourquoi diable M. Doyle avait-il tenu à ce qu'ils l'accompagnent ?

– Et pourquoi nous l'a-t-il caché ? protesta le garçon. Je croyais que nous étions ses disciples ! Ses héritiers spirituels ! Jusqu'ici, sir Arthur s'est toujours comporté avec franchise ! C'est à n'y rien comprendre.

– Je ne sais pas quoi dire, répondit la fillette. Depuis la séance de spiritisme, je ne suis plus sûre de rien. Il se passe tellement d'évènements étranges...

La voix d'Agatha se brisa soudain. Snouty grimpa sur les genoux de son amie pour la réconforter.

– Il faut que tu gardes ton sang-froid, conseilla Alfred, qui s'efforçait lui aussi de la calmer. J'ai le sentiment que ces gens cachent dcs choses.

– Certes, mais ils jouissent d'une grande réputation. N'oublie pas qu'ils ont prédit la catastrophe du *Titanic* et que sir Arthur lui-même est convaincu qu'ils disent la vérité !

– Possible, mais moi, pas ! déclara le garçon, qui avait relevé le menton d'un air de défi. À partir de maintenant, je vais être particulièrement vigilant !

Alfred s'approcha de son amie. Elle semblait tellement abattue depuis la disparition d'Hercule ! Et la séance avec Mme Zancig l'avait affectée bien plus qu'elle ne voulait l'admettre.

– Écoute, plaida-t-il, ces gens sont impliqués dans toutes sortes d'affaires suspectes : le musée, la momie, et même la mort de Stoker ! Et le comble, c'est que personne n'a l'air de trouver cela bizarre !

La fillette était d'accord. Elle réalisa qu'elle en avait presque oublié l'histoire du vampire. De ce côté-là, l'enquête piétinait, mais elle ne se sentait pas capable de continuer. Elle avait l'impression que son cerveau était bloqué.

Elle observa son camarade, si sûr de lui. Il fallait absolument qu'elle se reprenne. Une de leurs enquêtes était au point mort, mais ce n'était pas une raison pour baisser les bras !

– Tu as découvert quelque chose au musée ? s'enquit-elle.

Alfred sourit : Agatha s'était redressée sur son siège.

– Quasiment rien, reconnut-il. J'ai passé tout l'après-midi à côté du gardien qui surveillait la salle et j'ai pu constater qu'aucun visiteur n'a cherché à toucher la vitrine. Mais, au moment de partir, j'ai remarqué que la position du chat avait changé. Regardez.

Le garçon sortit un carnet à croquis de sa poche et montra deux dessins à ses amies. Le premier avait été réalisé à 14 heures, quand Alfred était arrivé au musée, et le second juste avant la fermeture, un peu avant 18 heures.

– J'ai fait ces dessins pour essayer de comprendre comment la figurine faisait pour tourner sur elle-même. Mais ça n'a pas servi à grand-chose.

La fillette examina les croquis. Le chat avait effectivement bougé.

– Il se pourrait bien que les Zancig aient quelque chose à cacher, suggéra Agatha. Quand nous sommes arrivées au théâtre, la médium a exigé que Snouty reste dehors. Il doit y avoir une raison à cela. J'avais pensé y retourner demain pour voir comment ils procèdent avec les visiteurs.

Cette idée n'enthousiasmait guère le garçon. Il aurait préféré l'accompagner plutôt que de la laisser y aller seule. Mais son amie refusa sa proposition. Non seulement il ne pouvait pas manquer l'école, mais il devait s'occuper du chat.

– Promets-moi de faire attention, insista Alfred. Nous sommes en présence de phénomènes qui nous échappent.

– Voilà que tu te mets à croire aux pouvoirs surnaturels de cette Amon-Râ, toi aussi ?

– Pas du tout. Mais pendant que j'étais en train d'observer Omizou, j'ai essayé d'imaginer les raisons qui auraient pu le pousser à bouger.

– Que veux-tu dire ?

Le garçon tenta de s'expliquer :

– Le chat et la momie ont été déplacés. On les a enfermés dans des caisses et expédiés ici. Tu ne trouves pas cela injuste ? Si j'étais né en Égypte, le climat de Londres ne me plairait sûrement pas.

– Je doute qu'Omizou ou Amon-Râ aient la capacité de penser, s'esclaffa la fillette.

– En tout cas, à leur place, je ne serais pas content. Et il m'est venu une idée. J'ai imaginé un plan.

– Ah oui ? Et de quoi s'agit-il ?

– Je vais mener mon enquête autrement, souffla-t-il avec un air mystérieux. Le seul regard humain n'étant pas suffisant, j'ai décidé de faire appel à un expert.

– Un expert ? Mais qui cela ? demanda Agatha, surprise.

– Une personne que vous connaissez toutes les deux...

*

Alfred actionna la sonnette du cinéma Reville, et Snouty et lui attendirent qu'on vienne leur ouvrir. Puis il distingua la silhouette de son amie à travers la vitre.

Ce n'était pas la première fois qu'Alma Reville collaborait avec l'agence Miller & Jones. Depuis qu'elle les avait aidés à résoudre l'énigme de l'invention du Dr Sorenson[1], elle était restée en contact avec eux, et elle était même très amie avec Alfred. Le père d'Alma possédait une salle de cinématographe, et la fillette avait toutes sortes de caméras à sa disposition.

1. Voir *L'extraordinaire invention du Dr Sorenson*, dans la même collection.

Alma les accueillit avec un grand sourire, puis elle remit ses lunettes en place et observa un moment Alfred et Snouty en silence. Le coup de téléphone que le garçon lui avait passé la veille l'avait intriguée au plus haut point, et elle avait hâte d'en savoir plus.

– Ce que tu m'as raconté hier, à propos du musée, m'a beaucoup intéressée. J'en ai parlé à mon père et nous avons apporté quelques améliorations techniques à l'engin.

– Vraiment ? Que peut-il y avoir de mieux qu'une caméra de cinéma ?

– Tu verras, lui répondit-elle.

Elle les mena dans les sous-sols, où se trouvait le laboratoire, là où Alfred s'était découvert une passion pour le septième art. M. Reville, en plus d'être projectionniste, était un inventeur de génie.

– Mon père a tout préparé, lui apprit son amie.

Le visage du garçon s'illumina quand il vit l'engin extraordinaire qui reposait sur la table. Il ne restait plus qu'à espérer que tout fonctionnerait. Alfred promit à Alma de la tenir au courant du déroulement de l'expérience.

*

Avec l'aide de Snouty, Alfred installa dans la salle du musée le matériel que M. Reville leur avait prêté.

Alfred avait besoin de capturer l'image de la petite momie en continu sans gâcher de pellicule, et l'inventeur avait eu l'idée révolutionnaire d'équiper la caméra d'une horloge, afin d'observer précisément la rotation de la figurine. Elle allait être filmée à raison d'une séquence par minute.

Le garçon n'avait pas vraiment envie de passer la nuit au musée, mais il n'avait pas le choix s'il voulait surveiller les mouvements du chat égyptien, car aucun des gardiens n'avait accepté de s'en charger à sa place.

Snouty et lui allaient filmer Omizou pendant une nuit entière. C'était la seule façon de percer le mystère.

Quand le British Museum ferma ses portes, Alfred étala une couverture à terre et s'allongea. Il bâillait à s'en décrocher la mâchoire. Il avait si peu dormi ces derniers temps qu'il allait probablement sombrer immédiatement dans le sommeil. De toute façon, il savait qu'il pouvait compter sur la petite chienne pour le réveiller en cas de besoin.

*

Quand la représentation des Zancig prit fin, Agatha applaudit avec le reste du public. Elle était venue au théâtre sans y avoir été invitée, mais, sachant qu'elle était une amie de sir Arthur, le garçon aux cheveux roux avait accepté de la laisser passer à condition qu'elle reste debout, car la salle était pleine à craquer.

Malheureusement, la jeune détective n'avait pas découvert grand-chose de nouveau ce soir-là. Le couple de médiums s'était livré aux mêmes expériences que la fois précédente. Ils étaient entrés en communication avec les esprits, après quoi Sheela avait aidé à localiser un enfant disparu, et le spectacle s'était terminé par une formidable ovation.

Les Zancig s'esquivèrent derrière le rideau, mais le public les rappela et ils durent revenir sur scène. Les gens étaient si nombreux à vouloir s'entretenir avec eux qu'Agatha renonça à essayer de les approcher. Elle se dit qu'elle pourrait aller les attendre dans les coulisses.

En jouant des coudes, elle parvint à se frayer un chemin jusqu'au fond du couloir. Presque sans réfléchir, elle poussa la porte de la loge. À sa grande surprise, celle-ci n'était pas vide. Sheela s'y trouvait, la tête recouverte d'une serviette de toilette.

– Qui est-ce ? demanda la jeune voyante. C'est toi, Igor ?

Agatha s'étonna de l'entendre prononcer ce prénom, qui n'était à sa connaissance ni celui de M. Zancig ni celui du garçon aux cheveux roux.

– Non, dit-elle, c'est moi, Agatha. Désolée d'être entrée sans frapper. Je pensais qu'il n'y avait personne.

Sheela ôta la serviette qui lui masquait le visage et esquissa un sourire.

– Ce n'est pas grave. Mais viens donc, assieds-toi.

Prise au dépourvu, la jeune détective ne savait quoi dire, mais la jeune fille engagea la conversation :

– Ainsi donc, tu es revenue voir le spectacle ?

– J'ai été assez impressionnée, dit Agatha d'une voix neutre. Mais ce qui m'intrigue, c'est l'origine de vos pouvoirs. Comment peut-on dompter une force surnaturelle ? Est-ce que cela s'apprend ?

Sheela l'observa avec curiosité. Sans doute était-ce la première fois qu'on lui posait cette question. Elle plia soigneusement la serviette et la laissa devant elle, sur la coiffeuse.

– Je n'ai jamais compris d'où me venaient ces pouvoirs. Tout ce que je sais, c'est qu'ils se sont révélés à moi un jour et ne m'ont plus jamais quittée ensuite.

– Tu veux dire que... tu es née avec ? demanda la détective.

– Non. En fait, c'est arrivé après un accident que j'ai eu quand j'étais toute jeune. Je vivais en Irlande, avec mes parents, et, un beau jour, j'ai fait une chute à cause d'une marche d'escalier branlante. Je suis tombée la tête la première, et tout le monde m'a crue morte.

À ces mots, Agatha écarquilla les yeux. Jamais elle n'avait entendu parler d'un cas comme celui-là.

– En fait, j'ai fait ce qu'on appelle une crise de catalepsie, expliqua la jeune fille. On allait m'enterrer quand, subitement, au beau milieu de la veillée funèbre, je me suis réveillée.

– Tes parents ont dû avoir la peur de leur vie.

– Oh oui. Et, depuis, ma mère n'a cessé d'affirmer que j'avais des pouvoirs surnaturels. Des choses étranges ont commencé à se produire dans notre maison.

Agatha était tellement impressionnée qu'elle osait à peine battre un cil. Ce témoignage était l'un des plus effrayants qu'il lui ait été donné d'entendre. Elle comprenait à présent pourquoi Sheela avait l'air constamment angoissée. Ça ne devait pas être facile de vivre avec un tel don de voyance.

D'un autre côté, l'attitude de la jeune fille semblait parfaitement naturelle. Elle ne lui donnait pas l'impression de vouloir la mener en bateau, mais plutôt de la mettre dans la confidence. Comme pour s'ôter un poids. La détective en vint à la conclusion qu'elle ne parviendrait jamais à comprendre d'où ces gens tenaient leurs pouvoirs, elle commençait à croire qu'il n'y avait pas d'explications à de tels phénomènes.

Contente d'avoir eu cette conversation, elle se leva pour partir et serra la main de Sheela. Mais juste au moment de franchir la porte, son regard tomba sur un objet qui lui glaça le sang. Là, parmi les pots et les flacons qui encombraient la coiffeuse, se trouvait un exemplaire de *Dracula*, le roman de Bram Stoker.

10

Une découverte embarrassante

En sortant du théâtre, Agatha était abasourdie. La présence de ce livre dans la loge de Sheela ne pouvait pas être qu'un simple hasard.

Elle avait toujours eu le sentiment que les Zancig cachaient quelque chose, et cette découverte ne faisait que confirmer cette impression. Elle se rappela l'article de journal relatant la visite des médiums chez M. Stoker, et ses propres doutes quant aux circonstances de la mort de l'écrivain.

Dès le début, elle avait soupçonné le couple de malhonnêteté, mais elle ne pouvait pas le traîner devant les tribunaux sans preuves. Les gens lui auraient ri au nez. Une ombre passa furtivement à côté d'elle, la tirant brusquement de ses réflexions.

À la lueur des réverbères, elle distingua alors une créature chauve, à la peau blanche comme le papier et aux dents tellement pointues qu'elles sortaient de sa bouche. Agatha fut parcourue d'un frisson quand la silhouette traversa précipitamment la chaussée à quelques pas devant elle et alla se tapir dans l'ombre d'un porche, comme si elle guettait quelqu'un. Tandis qu'elle observait de loin son visage livide et ridé, la fillette se rappela la description que le jardinier des Stoker lui avait faite du vampire.

Ce personnage était en tous points semblable à celui que l'homme avait aperçu dans le jardin ! Il lui avait donc dit la vérité. Ce n'était pas une hallucination due à l'excès de whisky ! Elle avait sous les yeux la preuve éclatante de l'existence des vampires.

L'être répugnant croisa son regard, et se mit à courir.

– Où allez-vous ? s'écria-t-elle. Revenez !

Elle se lança à sa poursuite en zigzaguant tant bien que mal entre les piétons et les automobiles, nombreux en cette fin de journée.

Sans cesser de se faufiler entre les passants, le vampire jeta un coup d'œil en arrière et remonta le grand col de son manteau.

Agatha regretta que Snouty ne soit pas là pour la seconder, surtout quand, arrivée au coin de la rue, elle réalisa que le spectre chauve avait réussi à la semer.

Plus tard, quand elle eut retrouvé son calme, elle songea que tout ceci n'avait pas été vain. Du moins ses soupçons avaient-ils été confirmés : la mort de Bram Stoker n'était pas un accident. Cet étrange vampire y était certainement pour quelque chose.

*

– Et il m'a filé entre les doigts, soupira la fillette, dépitée. Il s'est volatilisé.

Elle montra à ses amis l'endroit où elle avait perdu la trace de la créature, au coin de la rue où se trouvait le théâtre des Zancig. Il faisait plein jour à présent, et l'atmosphère angoissante de la veille avait disparu.

– C'est vraiment dommage, compatit Alfred. J'aurais aimé savoir à quoi ressemble un vampire chauve avec des crocs aiguisés.

– Ce n'est pas drôle ! protesta Agatha. Il existe réellement. Je l'ai vu de mes propres yeux, hier soir !

Snouty aboya soudain, indignée. La description de son amie était peut-être un peu extravagante, mais elle n'avait rien inventé, et Alfred n'aurait pas dû la taquiner. Après tout, Agatha venait de faire avancer l'enquête autour de la mort de Bram Stoker. Le garçon calma la petite chienne, puis s'excusa.

– Très bien, dit-il. Si tu l'as vu, c'est que cet individu doit exister.

– Absolument. Quelqu'un s'est introduit dans la chambre de M. Stoker, déclara Agatha, satisfaite de l'avoir convaincu.

Mais cela ne suffisait pas, naturellement. Trop de questions demeuraient encore sans réponses.

Elle décida finalement de rentrer chez elle. Alfred et Snouty lui emboîtèrent le pas sans protester.

– Que faisait cette créature ici ? lança soudain Alfred.

– Pas besoin d'être Sherlock Holmes pour le deviner, répondit Agatha. Il doit exister un lien entre elle et les Zancig.

– Cela semble évident, en effet, reconnut son ami. Il y a décidément beaucoup de coïncidences dans cette affaire.

– Sans parler de la présence de *Dracula* sur la coiffeuse.

– C'est vrai. Tu avais raison de te méfier de ces gens. Ils cachent manifestement quelque chose.

– Oui, et l'idéal serait de retrouver ce maudit vampire et de l'interroger. Mais je ne vois pas très bien comment.

– J'ai réfléchi de mon côté, déclara soudain Alfred.

– Ah oui ? s'enquit Agatha.

– Cette nuit, au musée, j'ai eu tout le temps de réfléchir. Et j'ai eu une idée. Nous n'avons pas encore parlé avec la veuve de Stoker. Elle pourrait savoir pourquoi son mari tenait tant à s'entretenir avec sir Arthur. Cela nous permettrait peut-être de faire avancer notre enquête.

Agatha était d'accord. Ils ne perdaient rien à essayer. Il fallait qu'ils découvrent ce qui était réellement arrivé dans la maison des Stoker, même si le sujet des vampires était délicat à aborder.

– Mais, au fait, s'écria-t-elle soudain. Je ne vous ai même pas demandé comment s'était passée votre nuit au musée, avec le chat ?

– Pour être tout à fait franc, déclara Alfred en regardant Snouty, pas grand-chose. Mais je crois avoir compris ce qui se passe.

– Vraiment ?

– Oui, mais je ne veux pas tirer de conclusions hâtives. Attendons d'abord d'avoir visionné le film.

*

Tant que la pellicule ne serait pas développée, l'enquête ne pourrait plus avancer. C'est pourquoi Alfred décida d'accompagner Agatha chez Mme Stoker, pour l'interroger. Contrairement à ce qu'ils avaient craint, la femme les accueillit volontiers quand ils lui apprirent qu'ils étaient des amis de sir Arthur, et les invita à prendre le thé.

– Le nom de M. Doyle nous ouvre toutes les portes, glissa Alfred à Agatha. Nous avons beaucoup de chance.

La fillette acquiesça. Tout le monde à Londres connaissait et aimait son illustre voisin. Et Florence Stoker ne faisait pas exception. Elle leur fit aussitôt les louanges de l'un des meilleurs amis de son mari. Elle se sentait redevable de sa grande générosité.

– Ce que vous dites là nous touche, lui dit Agatha. Nous aussi sommes honorés de la confiance qu'il nous témoigne.

– Quel malheur que mon pauvre Bram ne soit plus là pour profiter de ses conseils ! murmura tristement la veuve de M. Stoker.

Elle était à l'évidence très abattue et Agatha s'en voulut de devoir l'importuner avec ses questions.

Cependant, Mme Stoker détenait des informations vitales.

– Je me demandais justement pourquoi votre époux était tellement démoralisé ces derniers temps, commença la jeune détective. Nous avons eu le plaisir de faire sa connaissance peu avant... son décès.

Agatha marchait sur des œufs, craignant de manquer de tact. Mais Florence Stoker répondit très sincèrement :

– Bram avait le cœur très fragile. Les problèmes d'argent et notre déménagement l'avaient beaucoup affaibli, et le docteur nous avait mis en garde. Trop de préoccupations risquaient de lui coûter la vie.

La femme prit une gorgée de thé devant les trois détectives silencieux. Puis elle reposa sa tasse sur sa soucoupe et ajouta :

– Vous avez vu juste, mes enfants. Il était très triste. Et, ces dernières semaines, une chose en particulier tracassait Bram. Un problème d'ordre familial.

La fillette regarda la veuve avec intérêt. L'expression de son visage devait être éloquente, car Florence poursuivit son récit sans se faire prier :

– Il y a quelque temps, la nièce de Bram a disparu, au grand désespoir de ses parents. Il s'agissait d'un sujet si douloureux que je n'osais pas l'aborder avec mon époux. De sorte que je ne sais pas grand-chose.

– Mais M. Stoker voulait en discuter avec sir Arthur, n'est-ce pas ? intervint Alfred. Nous étions là lorsqu'il a demandé à le voir en privé. Malheureusement, votre mari est mort avant qu'ils aient eu l'occasion de se parler.

Florence acquiesça.

– La seule chose que je peux vous dire, c'est que, tout récemment, Bram avait reçu des nouvelles de sa nièce. Et je crois bien que c'est pour cela qu'il cherchait à joindre M. Doyle. De mon côté, je me faisais beaucoup de souci, car son état de santé ne cessait de se dégrader. Mais j'ai eu beau insister, mon mari n'a jamais voulu me raconter quoi que ce soit. Il m'a simplement révélé qu'il s'agissait d'une affaire trop grave pour être divulguée, même à moi.

– Allons bon, commenta Alfred. Ce devait être quelque chose de sérieux, en effet, pour affecter M. Stoker... à ce point.

– Oui, renchérit Agatha. Il est mort dans des circonstances pour le moins étranges. Si vous n'y voyez pas d'inconvénient, pourriez-vous nous raconter ce qui s'est passé ?

Florence se renversa dans son fauteuil, puis elle soupira et secoua doucement la tête.

– Eh bien, comme je l'ai dit à la police, je venais de me mettre au lit quand j'ai entendu Bram pousser des cris épouvantables.

– Oui, il parlait d'un fantôme, souligna Alfred.

La femme reprit :

– On raconte que mon mari était fou, mais, moi, je sais qu'il avait tous ses esprits quand il a rendu l'âme. Il a dû être témoin de quelque chose qui l'a tellement terrorisé que son cœur a lâché. Le pauvre pointait le doigt en direction de quelque chose... ou de quelqu'un.

Mme Stoker se tut soudain, s'efforçant de ravaler ses larmes. Agatha comprit qu'ils avaient atteint un moment crucial.

– Vous avez une idée de ce que cela pouvait être ? demanda-t-elle après quelques instants de silence.

La veuve ne tarda pas à répondre.

– Les domestiques étaient dans leurs chambres et tout le monde était à l'intérieur, sauf le jardinier, qui se trouvait dehors et qui raconte avoir vu une espèce de vampire. Mais la police affirme que c'est impossible. Et comme le pauvre homme avait bu une bouteille entière de whisky...

– Mais vous le croyez...

Alfred regarda Florence dans les yeux. Il était évident qu'elle avait son idée sur la question.

– Le garde-manger a été dévalisé pendant la nuit, murmura Mme Stoker. Quelqu'un y est entré et a tout emporté.

– Quelqu'un s'est introduit chez vous ! s'exclama Agatha.

– Oui, confirma la veuve. Le lendemain matin, le peu de victuailles qui s'y trouvait avait disparu. La police prétend que c'est un domestique, mais je connais mes gens de maison. Je sais qu'ils n'auraient jamais fait une chose pareille.

Cette révélation était intéressante, et il était tout simplement inconcevable que les policiers soient passés à côté d'un détail aussi singulier. Mais sans doute l'affaire du *Titanic* mobilisait-elle toute leur attention, et une théorie mettant en scène un vampire ne faisait pas partie de leurs priorités. D'autant que le défunt était mort d'un infarctus. À première vue, il n'y avait pas lieu d'ouvrir une enquête.

Quoi qu'il en soit, l'agence Miller & Jones était décidée à découvrir la vérité. Et ces nouveaux éléments ne coïncidaient pas avec la version officielle. Quand les trois amis eurent quitté la maison Stoker, ils en discutèrent entre eux et réalisèrent qu'ils se posaient la même question. Comment était-il possible qu'un vampire, qui ne buvait que du sang, ait pu vider le garde-manger ?

11

À la lueur du clair de lune

– Quand je te disais que la théorie du vampire ne tenait pas debout, fit remarquer Alfred. L'individu que tu as aperçu dans la rue n'était pas un fantôme.

– C'est évident, reconnut son amie. Mais il n'empêche qu'il y a un chaînon manquant. Il nous crève sans doute les yeux, mais il me faut un peu de temps pour le trouver.

C'est ainsi qu'après la visite chez Mme Stoker, la fillette décida d'aller s'enfermer dans le jardin d'hiver pour pouvoir réfléchir en paix. C'était une méthode qu'elle avait apprise de sir Arthur, même si, en l'occurrence, le grand homme se serait, tout comme elle, retrouvé dans l'impasse.

Il est vrai qu'elle n'était pas au meilleur de sa forme. L'absence de nouvelles d'Hercule la bouleversait. C'était comme si le majordome avait disparu de la surface de la terre. Peu à peu, la maison Miller reprenait ses habitudes, et la fillette avait le sentiment que sa mère et le reste des domestiques avaient oublié Hercule.

Le lendemain, Alfred appela Agatha et la tira de son abattement. Il avait rendez-vous avec Alma Reville et voulait que son amie et Snouty l'accompagnent. Cet après-midi leur réservait sûrement plus d'une surprise. Lorsqu'ils se présentèrent au cinéma, Alma les invita à descendre au sous-sol, et annonça :

– Nous allons bientôt découvrir quel mystère recèle le chat.

Alfred lui avait raconté tout ce qu'il savait à propos du musée. Il avait même apporté avec lui la fiche d'Omizou que Howard Carter lui avait remise. Avec un peu de chance, Alma débusquerait un détail qui avait échappé à leur trio.

– J'espère de tout cœur que je vais pouvoir vous aider, murmura la fille du projectionniste en sortant la pellicule de sa boîte. J'ai hâte de voir le résultat.

Bien qu'elle ait développé le film, Alma ne l'avait pas encore regardé. Car il s'agissait de la propriété exclusive de Miller & Jones et elle ne pouvait pas en disposer sans leur accord. À première vue, le système d'horlogerie avait fonctionné et la figurine égyptienne avait bien été filmée.

Elle installa la pellicule sur le projecteur et les trois amis s'assirent, prêts à visionner le concentré d'une nuit dans la vie du chat Omizou. Le spectacle en soi n'était pas passionnant, mais Alfred était convaincu qu'ils allaient découvrir quelque chose. Il avait d'ailleurs des soupçons, mais ne voulait pas en parler tant qu'il n'aurait pas de preuves.

Il donna le signal et Alma se mit à actionner la manivelle. Sur l'écran, on voyait le chat tourner tout doucement sur lui-même. Soudain, sans que l'on comprenne pourquoi, la figurine s'arrêta et resta figée pendant quelques secondes. Puis quand la lumière, à l'arrière-plan, devint plus intense, elle recommença à pivoter sur elle-même et continua jusqu'à la fin du film.

Alma stoppa le projecteur et, se tournant vers les trois amis, attendit leur réaction. Agatha n'était pas certaine d'avoir compris ce qu'elle venait de voir. Le chat donnait certes l'impression de bouger à sa guise. Mais pourquoi ? Alfred, pensif, était en train de caresser négligemment le dos de Snouty quand, à la surprise générale, il bondit sur ses pieds et s'écria :

– Alma, s'il te plaît, repasse-nous le film !

Alma relança la machine, et ils observèrent à nouveau l'animal momifié pivoter lentement sur lui-même, puis s'arrêter complètement avant de se remettre à tourner.

Puis Alfred déplia la notice du chat Omizou et la relut attentivement. Soudain, un détail attira son attention et il s'exclama :

– Je viens de découvrir quelque chose, une toute petite chose, mais qui jette un éclairage tout nouveau sur notre affaire.

– Que veux-tu dire ? demanda Agatha en croisant ses mains sur ses genoux.

– Regardez bien la momie, indiqua le garçon en relançant la projection. Le premier mouvement correspond à notre arrivée à Snouty et moi au musée. C'est-à-dire en fin d'après-midi. Mais voyez ce qui se passe durant la nuit.

Agatha scruta l'écran.

– Rien !

– Précisément ! Le chat n'a pas bougé d'un pouce. En revanche, quand revient le jour et que les premiers visiteurs entrent dans la salle, Omizou se remet à tourner.

– Il n'entre en mouvement que pendant la journée ! s'écria Alma.

– En effet, confirma Alfred. Et plutôt que de chercher une explication surnaturelle, j'ai choisi de raisonner de façon purement logique, comme sir Arthur nous l'a enseigné.

– Et tu as percé le mystère..., balbutia Agatha, visiblement émue.

Le garçon acquiesça, flatté. Il ouvrit le dossier dans lequel se trouvait la notice et en sortit une photo du chat.

– Je propose que nous jouions au jeu des différences, proposa-t-il en désignant tour à tour le cliché, puis l'écran. Que voyez-vous ?

Agatha, Snouty et Alma observèrent soigneusement l'un et l'autre, tandis qu'Alfred stoppait la projection pour faire un arrêt sur image.

Les yeux des filles allaient et venaient rapidement entre l'écran et la photo. Elles savaient que la réponse était là, mais où ?

Soudain, alors qu'elles semblaient à deux doigts de renoncer, elles s'exclamèrent à l'unisson :

– Le socle ! Ce n'est pas le même !

En effet. Le support sur lequel était posé le chat était différent. Les veines du bois étaient plus marquées et il avait l'air plus neuf.

– La momie ne pivote que lorsqu'il y a des gens autour d'elle. C'est-à-dire dans la journée, quand le musée est ouvert, conclut Alfred. Ce qui me donne à penser que le socle sur lequel on l'a placée est beaucoup plus léger que celui d'origine, et qu'il résiste mal aux vibrations. Ce qui donne l'impression qu'Omizou tourne tout seul.

– Quelqu'un a dû changer le support exprès, suggéra Alma.

Le garçon approuva. Ils avaient enfin trouvé une explication rationnelle à cette affaire abracadabrante, et cela ne pouvait signifier qu'une chose : ces maudits Zancig racontaient n'importe quoi.

– Ils m'ont affirmé que le chat avait été envoûté par la momie d'Amon-Râ, déclara rageusement Agatha. Il est clair qu'ils ont menti.

– Tu voulais des preuves ? demanda Alfred en ôtant la bobine du projecteur. Eh bien, les voici. Je crois que le mouvement de cette bestiole est lié à la visite des deux médiums le jour de l'inauguration.

– Mais... pourquoi auraient-ils fait cela ? s'interrogea son amie.

– Pour gagner de l'argent, pardi, décréta le garçon, comme si c'était évident.

– Ce n'est pas logique. Ils reversent tout ce qu'ils touchent à une œuvre de charité dont ils ont donné l'adresse à ma mère pour qu'elle fasse un don.

La fillette fronça brusquement les sourcils. Elle avait compris ! Elle se leva d'un bond, puis s'écria :

– Allons vite chez moi ! Il faut que je vérifie quelque chose !

*

Agatha savait par expérience qu'il ne fallait jamais laisser de côté un détail, si insignifiant soit-il, en particulier dans une affaire aussi complexe.

Depuis que les Zancig étaient entrés dans sa vie, elle les soupçonnait d'être malhonnêtes. Et elle en eut la preuve dès qu'elle fut rentrée chez elle.

Sur le secrétaire de sa mère, elle trouva la carte de visite que les Zancig lui avaient remise, et lorsqu'Alfred, Snouty et elle se rendirent à l'adresse qui y figurait, dans le centre de Londres, Agatha sut avec certitude qu'ils avaient découvert le pot aux roses.

L'hospice en question n'était qu'à deux pas du lieu où elle avait perdu le vampire de vue, quelques jours plus tôt. La fillette ne pouvait encore jurer de rien, mais son flair lui assurait qu'il ne s'agissait pas d'un hasard.

C'était un bâtiment en retrait de la rue, proche du British Museum.

– 44 Cleveland Street. C'est bien ici, annonça Agatha en scrutant la façade de l'édifice.

– Tiens donc, fit Alfred, pensif. Cet endroit me dit quelque chose.

– Vraiment ? s'étonna son amie. Mais comment est-ce possible ?

– Tu ne te souviens pas ? C'est précisément sur cet hospice que William Stead a fait son reportage, celui que nous a montré sir Arthur.

Mais bien sûr ! songea Agatha tandis que les trois amis pénétraient dans la sinistre institution. Ils venaient de découvrir un lien de plus entre les Zancig et les malédictions qui semblaient s'abattre sur Londres.

À peine eurent-ils franchi le seuil qu'une infirmière les accueillit. Ce n'était pas le genre d'endroit où les enfants étaient les bienvenus, mais Agatha déclara qu'ils devaient absolument s'entretenir avec quelqu'un. Quand elle lui fit la description du vampire, la femme hocha la tête.

– Vous cherchez Igor. C'est un de nos patients les plus démunis. Mais je crains que vous ne puissiez pas le voir à cette heure-ci.

– Il est souffrant ? demanda la fillette.

– Non, non, mais Igor est atteint de porphyrie. Il ne peut pas s'exposer à la lumière du jour, sa peau ne le supporte pas. C'est la raison pour laquelle il ne sort que la nuit. Vous allez devoir attendre le coucher du soleil. Je me chargerai de l'informer de votre visite. Il acceptera peut-être de vous voir.

Il ne restait qu'une demi-heure avant le crépuscule, si bien que les enfants décidèrent d'aller s'asseoir patiemment sur un banc, dans le jardin.

Agatha se rappela que le nom d'Igor ne lui était pas inconnu. Sheela l'avait prononcé devant elle, dans la loge. Ce qui voulait dire que le vampire entretenait effectivement des liens avec cette bande de charlatans.

Le ciel commençait à se teinter de violet quand une silhouette grande et maigre émergea sur le perron de l'hospice, une bougie à la main. Lorsqu'Alfred l'aperçut, il sursauta et se serra contre Agatha, tandis que Snouty se postait devant ses amis pour les protéger. L'enquête avait beau avoir révélé qu'il ne s'agissait pas d'un vrai vampire, on n'était jamais assez prudent.

L'homme observa un instant le ciel, puis, se couvrant la tête d'un mouchoir, descendit lentement les marches et s'approcha du banc. Igor avait l'air d'être à bout de forces. Il avançait à petits pas mal assurés qui contrastaient avec la rapidité avec laquelle il avait pris la fuite, l'autre soir.

Agatha s'en voulut de l'avoir pourchassé ainsi. L'effort physique l'avait peut-être épuisé, et elle décida de se montrer aimable.

Igor était presque arrivé à leur hauteur et, malgré le mouchoir qui occultait son visage, Alfred entraperçut ses traits.

– Je vous en prie, asseyez-vous ici, l'invita Agatha en le prenant par le bras pour l'aider à s'approcher du banc. Si nous avions su que vous étiez aussi mal, nous ne vous aurions pas dérangé.

– Ne t'inquiète pas, répondit Igor. Il y a des jours où je suis plus fatigué que d'autres. Et puis, personne ne vient jamais me voir. Ce lieu n'est pas des plus accueillants pour recevoir des visiteurs.

Malgré sa maladie, l'homme avait manifestement le sens de l'humour.

Snouty se détendit. Elle doutait que quelqu'un d'aussi faible ait eu la force de tuer M. Stoker, et elle décida d'attendre ses explications.

– L'autre jour, j'aurais bien aimé pouvoir m'entretenir avec vous, dit Agatha. Mais je suppose que l'endroit était mal choisi pour cela.

– J'ai eu peur, murmura l'homme. Je suis habitué à ce que les gens poussent des cris lorsqu'ils me voient. Et je préfère éviter les situations embarrassantes.

– Ah, mais j'y pense, je ne me suis pas présentée, s'excusa la fillette. Je m'appelle Agatha Miller, et mes amis ici présents sont...

– Alfred Hitchcock et Snouty Jones. Vous faites partie de la même agence de filature et êtes des connaissances de sir Arthur.

Les détectives restèrent bouche bée en découvrant que ce vampire à l'aspect souffreteux savait qui ils étaient. Ils attendirent poliment qu'il s'explique.

– Avant toute chose, je veux que vous me fassiez une promesse, reprit l'homme. Si j'ai accepté de vous voir, c'est parce que j'ai la conviction que vous êtes des gens de parole. C'est pourquoi vous devez me jurer que tout ce que je vais vous dire ne sortira jamais de ce jardin.

Alfred et Agatha échangèrent un regard surpris, puis finirent par hocher la tête. Ils avaient hâte de savoir ce qu'il allait leur raconter et étaient prêts à tout promettre pour cela.

– C'est très important, insista le vampire. J'ai accepté de vous rencontrer parce que je suis persuadé que vous allez faire triompher la vérité. Mais j'ai peur des représailles.

– Des représailles ? intervint la fillette. Mais qui voudrait vous faire du mal ?

– Ne me dis pas que tu ne l'as pas deviné..., railla Igor. Vous n'avez pas encore compris quelle sorte de gens sont les Zancig ?

– Nous avons une petite idée sur la question, reconnut Alfred. Et nous sommes venus pour que vous nous en donniez la confirmation. Je vous promets que nous ne révélerons rien qui puisse vous compromettre.

Le vampire hocha la tête. Rassuré, il se décida enfin à parler :

– Ces deux-là sont des charlatans. Ils commencent par prendre le plus de renseignements possible au sujet de leurs victimes, puis ils montent un numéro pour leur faire croire qu'ils détiennent des pouvoirs secrets. Ils profitent de la détresse humaine.

– Je suppose qu'ils préparent soigneusement leurs coups, intervint le garçon. Mais comment font-ils pour découvrir des détails aussi intimes ?

– Ils sont les auteurs d'une vaste machination parfaitement orchestrée, répondit Igor. Ils ont des espions partout. Parfois, ils arrivent à intercepter des documents personnels... des lettres. Ils vont même jusqu'à entrer par effraction chez les gens pour se procurer ce dont ils ont besoin !

Agatha était tellement stupéfaite qu'elle en resta sans voix. Elle n'osait pas imaginer que des étrangers aient pu s'introduire chez elle. Décidément, ces gens ne reculaient devant rien.

– Et la télékinésie ? s'enquit Alfred. Comment ont-ils fait pour faire apparaître un mouchoir dans ma poche ? Ce ne sont pas leurs espions qui ont pu faire le coup !

– Je suis certain que Roger, le garçon aux cheveux roux, t'a accompagné jusqu'à ton siège. C'est lui qui se charge de ces tours de passe-passe. N'oublie pas que tu étais en compagnie de sir Arthur.

– Sir Arthur..., murmura la fillette. Mais pourquoi lui ? Pourquoi se servent-ils de lui ?

– Pour une raison évidente, intervint Alfred, sans laisser à Igor le temps de lui répondre. Sir Arthur est l'image même de la respectabilité. De plus, il connaît tous les gens influents de cette ville. Les Zancig utilisent sa bonne réputation pour tromper leur monde.

Igor approuva, et le garçon songea qu'une chose terrible avait dû se produire pour que cet homme se décide à parler. Cependant, il voulait en savoir plus avant de tirer des conclusions.

– Les Zancig ont approché sir Arthur au moment où le reportage de William Stead sur cet hospice a été publié, reprit Igor. Sans doute le journaliste leur avait-il parlé de la générosité et de la bienveillance de M. Doyle.

Une nouvelle énigme venait d'être résolue. Igor était un maillon essentiel du plan des Zancig.

– Ces gens préparent minutieusement leur mise en scène, poursuivit le vampire. Ce qui donne l'impression qu'ils sont capables de prédire l'avenir. Je suppose que vous connaissiez l'histoire de la momie...

Les révélations d'Igor devenaient de plus en plus passionnantes. À l'évidence, ce dernier était au courant de toutes leurs enquêtes. Agatha décida de jouer cartes sur table.

– Nous savons que le chat a été manipulé, lui apprit-elle. Personne ne lui a jamais jeté de sort. Il pivote sur lui-même parce que son socle a été changé.

– Omizou a été l'une des toutes premières arnaques des Zancig. Ils en avaient plusieurs en préparation. Mais un évènement capital les a obligés à mettre tout cela de côté.

– Le naufrage du *Titanic*..., murmura Alfred.

– Précisément. Cette tragédie fut un don du ciel pour eux. Sheela faisait référence à quelque chose de tout à fait différent lorsqu'elle est entrée en transe. Une chose qu'on a complètement laissée de côté quand le navire a sombré.

– La mort de Stoker ! s'exclama soudain la fillette.

Igor se tourna vers les enfants et ôta le mouchoir qui lui couvrait le crâne, se montrant à eux dans toute son effroyable laideur. À en juger par l'expression de son visage, il se sentait coupable.

– Nous ne sommes pas venus pour vous accuser de quoi que ce soit, mais parce que nous voulons comprendre, intervint Agatha en regardant le vampire droit dans les yeux, jusqu'à ce que l'homme détourne la tête, gêné.

– Je ne suis pas fier de ce que j'ai fait, finit-il par reconnaître. Mais je vous jure qu'on ne m'a pas laissé le choix. Ces deux escrocs ont menacé de fermer l'hospice. Et ici, il y a tellement de gens dans le besoin que j'ai cédé à leur chantage.

– Vous voulez dire que les Zancig contrôlent cet endroit ? murmura la fillette. Je savais bien que toutes ces bonnes œuvres étaient suspectes.

– Cette maison de charité n'est qu'une couverture qui leur sert à dissimuler leur fortune. De cette façon, personne ne se rend compte de rien, et l'image qu'ils donnent d'eux est celle d'un couple généreux.

La ruse était excellente, car ainsi on ne pouvait pas les accuser de tirer profit de la détresse humaine. Agatha n'entendait pas s'arrêter là. Elle voulait comprendre les circonstances de la mort de Stoker.

– Ils m'ont obligé à me rendre chez l'écrivain et à faire croire que j'étais un vampire, confessa l'homme au bord des larmes. J'ai essayé de refuser, mais ils ne m'ont pas donné le choix. Je suis monté dans sa chambre, et, quand il m'a vu, le pauvre M. Stoker a eu une attaque.

– Et vous en avez profité pour vider le garde-manger, ajouta Agatha. Ne vous inquiétez pas. N'importe qui d'autre à votre place aurait fait comme vous. Je suppose que les Zancig vous laissent mourir de faim ?

Igor hocha la tête. Enfin, les détectives avaient la confirmation que leurs soupçons étaient fondés. Ces Zancig étaient bien des escrocs.

– La seule chose qui reste mystérieuse, intervint le garçon, c'est la raison pour laquelle ils tenaient tant à se débarrasser de Stoker. Vous l'ont-ils dit ?

– Non, jamais, répondit Igor. Ils se gardent bien de divulguer leurs plans à leur entourage. Ils m'ont simplement promis qu'ils me paieraient. Ce qu'ils n'ont jamais fait. Ils ne m'ont pas versé un penny. C'est pour cela que je suis allé rôder autour du théâtre l'autre soir. Je voulais mon argent.

Alfred avait de la peine pour cette malheureuse victime. Comme si souffrir d'une maladie comme la porphyrie ne suffisait pas, ces deux ignobles personnages profitaient de lui.

– Ma maladie n'est pas aussi terrible qu'elle en a l'air, murmura l'homme en voyant la contrariété sur les traits du garçon. Avec le temps, j'ai fini par m'y habituer. Tant que je ne me retrouve pas nez à nez avec un miroir, ma vie est supportable.

Igor remit le mouchoir sur sa tête et observa la lune, qui ce soir-là était immense. Puis, baissant les yeux, il ajouta, mélancolique :

– La seule chose qui me manque vraiment, c'est de ne pas pouvoir contempler le lever du soleil. Car je ne connais rien de plus beau au monde.

Snouty émit un petit gémissement compatissant, puis s'approcha du genou de l'homme qui la caressa tendrement. Il commençait à se faire tard, et dans quelques minutes l'hospice allait fermer ses portes.

Igor remercia les enfants de leur visite, puis Alfred l'accompagna jusqu'au pied du perron.

Tandis qu'il le regardait gravir les marches, le garçon songea à quel point ce devait être dur d'être condamné à vivre dans ses souvenirs. Igor n'avait pas dû voir le soleil se lever souvent au cours de sa vie, et encore moins s'imaginer qu'un jour il ne pourrait plus jamais le contempler.

12

L'honneur de l'agence Miller & Jones

Sitôt sortis de l'hospice, les enfants regagnèrent la maison Miller. Ils étaient convenus qu'Alfred viendrait passer le week-end chez Agatha, comme il le faisait parfois quand ils étaient sur un cas difficile. Après ces révélations fracassantes, sa présence là-bas était essentielle.

– Il faut que nous contactions sir Arthur au plus vite, déclara-t-il. Ces Zancig doivent être démasqués. Je sais que nous ne pouvons pas lui parler d'Igor, mais nous avons d'autres preuves, comme le film du musée. Ainsi il sera plus facile de le convaincre.

– J'espère que M. Doyle nous apportera son soutien comme il l'a toujours fait jusqu'ici, soupira Agatha.

À leur entrée dans le vestibule, Rose leur annonça qu'ils tombaient juste au bon moment pour le dîner. Quand Agatha lui demanda si on avait des nouvelles d'Hercule, et que la femme de chambre répondit par la négative, Agatha sentit son estomac se nouer. Après tous ces jours passés à espérer en vain, la fillette commençait à perdre le moral et par conséquent l'appétit.

Mais sa mère insista pour qu'elle vienne s'asseoir avec eux à table, déclarant qu'il n'était pas correct de laisser seul un invité.

Alfred aussi avait de la peine pour Hercule, mais il avait tellement faim que, malgré la présence intimidante de Mme Miller, il dévora sans façon tous les plats que Rose posait devant lui.

Tandis qu'il engloutissait son entrecôte et qu'Agatha contemplait la soupière d'un air distrait, Clara Miller entama la conversation.

– Ma chère enfant, si tu chipotes ainsi la nourriture, tu vas finir par tomber malade, la réprimanda-t-elle.

La fillette regarda brièvement sa mère dans les yeux, puis recommença à observer la soupière.

Un silence embarrassant s'était installé dans la salle à manger quand, brusquement, Agatha décida de vider son cœur.

– Les Zancig ne sont pas ce qu'ils paraissent, murmura-t-elle entre ses dents. Ils nous ont tous trompés.

– Mais qu'est-ce qui te prend ? s'emporta Mme Miller. Comment oses-tu parler de la sorte de ces gens ?

– Ils le méritent ! riposta la fillette. Ce sont des charlatans !

Mais Clara Miller ne l'entendait pas ainsi.

– Il est inadmissible de tenir de tels propos ! J'exige des excuses immédiatement !

Alfred allait porter sa fourchette à sa bouche quand sa main se figea. La guerre menaçait d'éclater entre Agatha et sa mère, qui avaient toutes deux un caractère bien trempé.

Cependant, la fillette ne chercha pas à souffler sur les braises. Elle se leva et sortit de table dignement. Elle savait qu'il était inutile d'essayer de faire entendre raison à sa mère et elle n'avait pas envie qu'Alfred se retrouve pris dans une querelle qui ne le concernait pas. Le mieux était d'attendre qu'il vienne la rejoindre dans sa chambre.

Elle avait presque atteint la porte quand Mme Miller déclara d'un ton hautain :

– Quand sir Arthur apprendra demain ce que tu as dit à propos de ses amis, il ne voudra plus vous recevoir à déjeuner le dimanche.

Cette fois, Agatha sortit de ses gonds.

– Nous n'avons aucun repas prévu avec sir Arthur. Il est en déplacement !

– Eh bien, tu te trompes ! M. Doyle est rentré cet après-midi. Il est chez lui.

Oubliant ses bonnes manières, Alfred s'écria :

– Vous voulez dire que sir Arthur est revenu de Southampton ?

– En effet, mon garçon. Il est arrivé à 6 heures, ce soir.

Les trois détectives s'élancèrent aussitôt hors du salon, sous les yeux stupéfaits de Mme Miller qui n'avait encore jamais vu le jeune Alfred sortir de table sans finir son assiette.

Restée seule, Clara se sentit subitement assaillie par le chagrin. Elle avait beau ne pas le montrer, elle comprenait les sentiments de sa fille. Cette maison n'était plus la même depuis la disparition du majordome. Et même si elle refusait de le reconnaître, Hercule avait laissé un grand vide derrière lui.

*

– Madame Watson ! Ouvrez ! C'est nous ! criait Agatha en frappant comme une forcenée à la porte de M. Doyle.

Alfred avait apporté le film réalisé au musée. Sir Arthur ne disposait sans doute pas d'un projecteur, mais la pellicule était une preuve d'importance capitale, car elle allait lui permettre d'étayer sa version des faits.

Enfin, on entendit du mouvement à l'intérieur de la maison. Une lampe s'alluma, signe que l'insistance de la fillette n'avait pas été vaine. Une Mme Watson ahurie vint leur ouvrir la porte.

– Nous devons absolument voir sir Arthur ! s'écria Agatha.

– Ça ne peut pas attendre ? s'enquit la femme. Il est l'heure de dormir.

La jeune détective allait à nouveau la supplier, mais ce ne fut pas nécessaire. Une silhouette parut dans l'escalier et la voix de sir Arthur s'éleva :

– Que se passe-t-il ? Qui vient frapper à une heure pareille ?

Quand il les aperçut, l'écrivain les invita à entrer. Il ne semblait pas fâché le moins du monde ; M. Doyle ne savait que trop bien qu'il n'y avait pas d'heure pour résoudre une enquête. Il alla même jusqu'à demander à sa gouvernante d'apporter du thé dans son bureau.

– Moi-même, je ne veux rien, lança-t-il à Mme Watson. Mais j'ai l'impression que mes jeunes amis ont besoin d'être requinqués, car ils ont l'air épuisés.

Alfred posa la boîte contenant le film sur la table de travail de l'écrivain et attendit de voir sa réaction. L'homme ne dit rien, il voulait d'abord entendre ce qu'ils avaient à lui révéler.

– Nous savons que vous êtes ouvert d'esprit, commença prudemment Alfred. C'est pourquoi il est nécessaire que vous nous écoutiez avant de tirer vos propres conclusions.

– Comme je l'ai toujours fait, répondit sir Arthur d'une voix placide.

– C'est vrai, reconnut le garçon. Nous sommes venus vous informer que nous avons découvert une énorme escroquerie.

– Mais encore ? demanda le romancier en fronçant les sourcils.

– Je veux parler des Zancig. Ce ne sont pas des gens dignes de confiance.

Sir Arthur éclata de rire. Il tendit le bras et s'empara de sa pipe, posée sur un guéridon. Puis il la bourra de tabac et l'alluma tranquillement.

– Allons, Alfred, cessez vos sottises. Les Zancig sont mes amis ! Je suis mieux placé que vous pour juger de leurs expériences. Et si les gens les accusent d'escroquerie, c'est parce qu'ils n'y comprennent rien !

– Mais Alfred dit la vérité ! intervint Agatha. Ces médiums ont escroqué un grand nombre de personnes. Ils se sont servis de la légende de la momie pour tromper Howard Carter, et ils sont même responsables de la mort de Bram Stoker ! Ils ont engagé quelqu'un pour se faire passer pour un vampire !

À peine avait-elle prononcé ces mots qu'Agatha les regretta. Elle s'était laissé emporter par sa fougue et craignait d'avoir manqué de sang-froid pour présenter la situation. Jamais l'écrivain n'allait la croire si elle n'adoptait pas un ton plus mesuré.

– Vous parlez comme mon ami Harry Houdini, rétorqua sir Arthur sur un ton légèrement sarcastique. Je n'aurais pas dû vous emmener avec moi en Écosse.

J'ai l'impression que son scepticisme maladif a déteint sur vous[1].

– Mais, s'il vous plaît, sir Arthur... Laissez-nous vous expliquer !

– C'est vous qui allez m'écouter, Alfred ! répliqua M. Doyle d'une voix sévère. Je ne comprends pas pourquoi vous avez inventé cette histoire ridicule.

Cette fois, Agatha explosa :

– Mais enfin, sir Arthur ! Nous disons la vérité ! Les Zancig sont des imposteurs !

M. Doyle lui lança un regard glacial. Le tour que prenait cette conversation ne lui plaisait pas du tout. La fillette devait trouver un moyen de l'amadouer avant qu'il se fâche pour de bon.

– J'ai toujours fait preuve de compréhension à votre égard, reprit l'écrivain, mais, là, franchement, vous dépassez les bornes. Vous vous présentez chez moi, la nuit, pour accuser mes amis d'être des escrocs et des criminels !

---

1. Voir *À la poursuite du Tigre blanc*, dans la même collection.

Alfred allait rétorquer, mais sir Arthur ne lui en laissa pas le temps.

– Je sais que vous êtes jeunes et pleins de fougue, reprit-il quelque peu radouci. Mais je ne peux tolérer que vos sentiments l'emportent sur votre raison. Vos accusations sont sans fondement, vous ne m'avez apporté aucune preuve.

– Justement, si, lança Alfred. Cette pellicule contient la preuve que le chat exposé au musée a été l'objet d'une manipulation.

– Vraiment ? fit sir Arthur, l'air moqueur. Et à quel moment du film peut-on voir que les Zancig sont les coupables ?

Le garçon était à court d'explications. Il regarda son amie pour qu'elle lui vienne en aide, mais ni l'un ni l'autre ne savaient quoi dire.

– Vous voyez ? reprit l'écrivain. Ce chat peut très bien avoir été manipulé par n'importe qui. Vous avez été bernés par une campagne de calomnies menée par des gens qui n'entendent rien aux sciences occultes.

Vous n'êtes pas les seuls. Mais tant que je vivrai, je ne tolérerai pas ce genre de choses.

Alfred acquiesça en silence. Il était évident qu'ils ne pourraient pas faire entendre raison à M. Doyle. Les Zancig avaient si bien fait leur travail que l'écrivain n'accepterait jamais de reconnaître qu'il avait tort.

Les deux enfants gardèrent le silence. Le moment était venu de rentrer. Snouty n'était pas d'accord, mais elle n'eut d'autre choix que de suivre ses amis.

Elle aussi jugeait cette situation profondément injuste, d'autant qu'elle semblait donner raison à Mme Miller. Après cette discussion stupide, sir Arthur n'allait plus vouloir les inviter à déjeuner le dimanche.

*

Les trois détectives avaient le moral au plus bas quand ils regagnèrent la maison Miller. En plus de s'être brouillés avec M. Doyle, ils avaient le sentiment d'avoir échoué dans leur mission.

Leurs espoirs de pouvoir clore leur enquête s'amenuisaient, car si sir Arthur lui-même refusait de les écouter, qu'en serait-il du reste de la société londonienne ? C'était l'honneur de Miller & Jones qui était en jeu et ils ne pouvaient pas faire comme s'ils n'avaient rien découvert. Mais ils savaient que si personne ne les croyait, leur agence était vouée à disparaître.

Ce soir-là, aucun des trois amis ne parvint à trouver le sommeil. Il devait forcément exister un moyen de mettre l'opinion publique de leur côté.

Quand les premiers rayons du soleil commencèrent à poindre, Alfred songea que, lui au moins, pouvait contempler les lueurs de l'aube, contrairement à ce pauvre Igor. Et cela lui redonna courage. Il réveilla Agatha et Snouty. La solution n'était peut-être pas évidente, mais il était convaincu qu'ils finiraient par avoir une idée.

Lorsqu'ils furent installés autour de la table du petit-déjeuner, Agatha décida de suivre les conseils de son ami. Il devait y avoir une faille dans le stratagème des Zancig. Le tout était de la trouver.

– Peut-être pourrions-nous persuader Igor de témoigner ? suggéra la fillette.

– Je doute que la bonne société londonienne prête foi aux propos d'un malade atteint de porphyrie, répondit Alfred. Les gens vont dire que nous l'avons payé pour raconter une fable.

– Et le British Museum ? demanda Agatha. Grâce au film, nous pourrons peut-être démontrer que le chat a été manipulé.

Sans doute, songea le garçon, qui était convaincu que les Zancig étaient les coupables. Ils avaient vraisemblablement subtilisé le trousseau de clés de Howard Carter et s'étaient introduits dans le musée en passant par la grille du jardin. Mais comment le prouver dès lors que le couple de charlatans n'apparaissait pas sur la pellicule.

– Je ne vois rien d'autre, dit Agatha en reposant sa fourchette sans avoir touché à son assiette. Je vais finir par croire que la momie nous a jeté un sort.

Alfred rit de la plaisanterie de son amie, même si l'heure était grave.

Soudain, Rose entra et se racla discrètement la gorge.

– Je vous prie de m'excuser, mademoiselle, mais un pli est arrivé pour vous.

La femme de chambre s'approcha avec un plateau en argent sur lequel se trouvait une enveloppe scellée. La fillette s'en empara, quelque peu déconcertée, et s'empressa de l'ouvrir. À mesure qu'elle lisait, ses amis remarquèrent que l'expression de tristesse sur ses traits faisait place à un sourire. Soudain, elle poussa un cri de joie.

– La chance est de notre côté ! Nous allons démasquer les Zancig !

13

L'heure de vérité

Alfred rôdait à l'extérieur du théâtre des Zancig sans perdre une seconde ses amies de vue. La lettre que Rose leur avait remise contenait une information d'une importance capitale, et l'agence Miller & Jones ne pouvait pas se permettre de laisser passer l'occasion qui s'offrait à elle de faire éclater la vérité. Il était vital que le plan se déroule exactement comme prévu. Il en allait de leur réputation de détectives.

Le garçon observait la longue file qui s'était formée, comme chaque fois que les médiums donnaient une représentation, et comprit soudain que les enfants qui jouaient à cache-cache entre les spectateurs les délestaient en fait de leurs portefeuilles. Comment ces gens pouvaient-ils être assez stupides pour ne pas se rendre compte qu'on était en train de les détrousser ? Scandalisé, Alfred se félicita d'être venu jusqu'ici, et en compagnie de sir Arthur par-dessus le marché. Car la présence du romancier était indispensable au bon déroulement de leur plan.

Heureusement, ils n'avaient pas eu besoin de le supplier. Après la discussion de l'autre soir, Agatha avait jugé préférable d'aller lui faire des excuses. C'était la seule façon de le convaincre d'assister avec eux à la représentation.

Et, bien sûr, Clara Miller avait insisté pour les accompagner. Elle était flattée que sir Arthur ait réservé un fauteuil tout spécialement pour elle, même si elle n'avait pas la moindre idée de ce que sa fille et ses amis tramaient. Les trois détectives avaient la ferme intention de démasquer les Zancig ce soir même, c'est pourquoi ils avaient tenu à ce que tous soient présents, y compris Howard Carter.

L'égyptologue continuait de se ronger les sangs à propos de la malédiction du chat. Et quand Alfred avait suggéré qu'ils lui disent la vérité, Agatha avait refusé, déclarant qu'ils devaient attendre. Car ainsi leur version des faits n'en serait que plus crédible.

Quand tous furent réunis devant la porte, le garçon aux cheveux roux les fit entrer en priorité et les escorta jusqu'à leurs sièges. Une fois à l'intérieur, Agatha regarda discrètement autour d'elle pour localiser le couple des Zancig. Ne les voyant pas, elle en déduisit qu'ils devaient se trouver dans leur loge. Elle prit place à côté de sa mère, tandis qu'Alfred s'installait de l'autre côté, au bout de la rangée.

Snouty et elle trépignaient d'impatience, mais leur ami était d'un calme admirable. Il avait la certitude que leur plan allait marcher, mais il fallait attendre.

Quelques minutes plus tard, la salle était pleine à craquer et les médiums firent leur apparition sur scène.

Après les révérences et les applaudissements, la séance commença.

– Chers amis, commença M. Zancig. Merci et bienvenue à vous tous.

Le spectacle commença. Leur numéro était parfaitement rodé et Alfred réalisa comme il était facile de se laisser berner. Aucun des spectateurs présents ne semblait douter de la sincérité des médiums.

La démonstration s'acheva sous un tonnerre d'applaudissements. Puis les Zancig se préparèrent à recevoir Sheela, et Alfred jeta un coup d'œil discret à Agatha. Son amie regardait droit devant elle, observant attentivement ce qui se passait sur scène. Elle était tellement concentrée que le garçon craignit qu'elle ne l'ait complètement oublié. Mais la fillette leva imperceptiblement la main et se gratta l'oreille.

C'était le signal. Alfred poussa un soupir de soulagement. Le compte à rebours avait commencé.

– Madame Miller, je reviens tout de suite, déclara-t-il en se levant sans faire de bruit.

Clara Miller ne le regarda même pas. Elle était tellement absorbée par le spectacle que la disparition d'Alfred lui était parfaitement égale.

Le garçon remonta subrepticement le couloir en direction de la sortie de secours. Il était indispensable de déverrouiller cette porte pour que le plan fonctionne. Et il ne pouvait pas s'attarder, car il savait que tout le monde l'attendait.

Il avançait d'un pas résolu vers le fond du corridor quand un détail lui revint. Il se rappela qu'Agatha lui avait dit avoir vu un exemplaire de *Dracula* sur la coiffeuse. S'étant assuré qu'il n'y avait personne dans les parages, Alfred décida de jeter un coup d'œil à l'intérieur de la loge. Quelque chose lui disait que ce roman recelait un secret qui pourrait élucider bien des choses.

Il saisit la poignée et la fit tourner sans bruit. La pièce était vide. Il referma rapidement la porte derrière lui et commença à fouiller partout.

Il regarda sur la coiffeuse, mais ne vit rien d'autre que des crèmes de maquillage et des flacons. Il était déçu, mais il n'avait malheureusement pas le temps de s'attarder.

Enfin, juste au moment où il allait ressortir, il aperçut ce qu'il cherchait.

Apparemment, le livre avait été rangé sur une étagère, à côté de quelques bibelots, poupées et souvenirs d'enfance. Quand Alfred se mit sur la pointe des pieds pour s'emparer du roman, il était tellement nerveux qu'il perdit l'équilibre et faillit faire tout tomber.

Heureusement, il se rattrapa et, quand il eut l'ouvrage entre les mains, il retrouva son calme. Il sentait qu'il était sur la bonne voie.

Il ouvrit le roman écorné à la page de garde et trouva immédiatement ce qu'il cherchait : une dédicace de l'auteur.

Il venait de mettre la main sur la dernière pièce manquante du puzzle.

Sans hésiter, il emporta le livre avec lui. Cette fois, il tenait une preuve irréfutable.

*

Lorsqu'Alfred disparut dans le couloir qui menait à la loge, Agatha croisa les doigts et lui souhaita intérieurement bonne chance.

Elle redoutait que son ami ne se fasse prendre en pleine mission, car elle était quasiment certaine que sir Arthur les avait démasqués. Certes, l'écrivain avait accepté de leur obtenir des places pour le spectacle, mais il avait tout de même eu l'air surpris par leur brusque changement d'attitude.

Le numéro de Sheela traînait en longueur. La jeune fille était en train de communiquer avec l'épouse décédée d'un homme qui se trouvait dans la salle. Ce dernier semblait très affecté par sa disparition, mais plus encore par la disparition des trente mille livres sterling que sa femme avait cachées avant de mourir. D'après Sheela, il n'allait pas être facile de retrouver l'argent. Agatha songea que la raison à cela était évidente : les Zancig avaient certainement fait main basse sur le butin. L'homme pouvait dire adieu à son argent.

La représentation allait bientôt prendre fin, et Agatha priait de toutes ses forces pour qu'Alfred ait réussi. Sans quoi, elle allait se couvrir de ridicule.

Sheela s'apprêtait à sortir de scène. Mme Zancig allait, elle aussi, saluer le public quand Agatha leva subitement la main.

Surprise, la voyante lui donna la parole, affichant un sourire forcé.

– Oui, chère Agatha, fit-elle d'une voix suave. Il y a une question que tu aimerais poser ?

– En effet, madame Zancig. Je me demandais si Sheela ou vous aviez pu à nouveau communiquer avec Hercule, notre majordome.

Mme Miller et sir Arthur échangèrent un regard intrigué. Ils ne comprenaient pas la raison de cette intervention de la part d'Agatha. La médium hocha la tête.

– En fait, nous n'avons pas pour habitude de nous entretenir avec les défunts en l'absence d'amis ou de proches, répondit-elle.

– Quel dommage ! gémit la fillette. Nous espérions qu'Hercule s'était à nouveau manifesté. Nous n'arrivons pas à nous faire à l'idée qu'il soit mort.

La femme lui sourit avec condescendance.

– Ma chère enfant, le deuil est une chose difficile, mais vous finirez par surmonter votre chagrin. Je puis vous assurer qu'il repose en paix.

– Je n'en suis pas certaine, s'exclama soudain Agatha. Comment savez-vous ce que pense Hercule ?

– Parce qu'il nous l'a dit, répliqua la médium en haussant les sourcils. Vous étiez présente, il me semble.

La fillette croisa les bras.

– C'est vrai, j'étais présente quand vous avez parlé en son nom. Mais je crois qu'il vaudrait mieux lui demander. Hercule ! Entrez, s'il vous plaît !

Sans laisser à la médium le temps de réagir, la jeune détective pointa le doigt vers un coin de la scène. L'espace d'un instant, son cœur se serra à la pensée qu'Alfred ait eu un contretemps. Puis elle poussa un soupir de soulagement en voyant une silhouette émerger des coulisses.

C'était Hercule, son cher majordome. Il était amaigri, mais il était bien là, en chair et en os. Et ces maudits charlatans venaient de se discréditer eux-mêmes.

– Que signifie tout ceci ? s'exclama sir Arthur en reconnaissant le domestique. J'exige une explication !

Les Zancig restaient muets. Mme Miller se leva de son siège, incapable de se retenir, et s'écria :

– Hercule. Mon cher Hercule ! Vous êtes revenu de l'au-delà !

Une rumeur se mit à enfler parmi le public. Mais une voix y mit aussitôt fin :

– Il n'a jamais été mort ! intervint Alfred en sortant à son tour de derrière le rideau. Il était sans connaissance dans un hôpital de New York où personne n'a pu vérifier son identité. C'est pourquoi nous sommes restés sans nouvelles jusqu'à l'arrivée de ce télégramme dans lequel sa sœur nous informait qu'il était sain et sauf et sur le chemin du retour – le garçon brandit l'enveloppe qu'Agatha avait reçue quelques jours plus tôt.

– Et vous ne m'en avez rien dit ? s'indigna Mme Miller.

– Nous ne pouvions pas, répondit la jeune détective. Nous devions apporter la preuve que ces gens sont des imposteurs.

Sur ces mots, Agatha se tourna vers sir Arthur. L'écrivain, bouche cousue, se tenait tête baissée. Cette scène devait être pénible pour lui, et la fillette aurait préféré la lui épargner. Mais ils n'avaient pas eu le choix. Car, ainsi que le lui avait expliqué son illustre ami, il fallait toujours faire éclater la vérité.

Le public était abasourdi. Personne n'osait bouger. Voyant qu'il allait devoir fournir davantage d'explications, Alfred se lança. Personne à part lui ne connaissait le fin mot de l'histoire, pas même ses amies, c'est pourquoi il devait le leur révéler.

– Ce n'est pas tout, poursuivit-il en se tournant vers ses deux associées. Comme vous le savez tous, Bram Stoker est mort il y a quelques jours, et l'on a prétendu qu'il avait aperçu un vampire. Ce couple de charlatans s'est rendu chez lui et nous avons réussi à découvrir leur supercherie.

Alfred demanda à Agatha de tamiser les lumières. C'était indispensable pour pouvoir exhiber la preuve sur scène. Puis il se dirigea vers le rideau et le tira pour que chacun puisse voir un nouvel invité.

Igor, le vampire. Devant l'insistance des enfants, il avait accepté de venir témoigner. Mais jusqu'au dernier moment, aucun d'eux n'était certain qu'il le ferait.

Lorsqu'il apparut, les spectateurs se mirent à pousser des cris horrifiés, mais Alfred s'efforça de les calmer.

– Cet homme se nomme Igor et il vit à l'hospice de Cleveland Street. Ce lieu vous dit certainement quelque chose. C'est là-bas que vous avez tous été encouragés à faire des dons.

Des murmures d'indignation s'élevèrent dans l'assistance, mais Alfred poursuivit, sans se laisser distraire :

– Igor est atteint de porphyrie. Une maladie incurable qui l'a défiguré. Mais loin de le prendre en pitié, ces deux escrocs l'ont au contraire fait chanter. Ils l'ont obligé à se rendre chez Bram Stoker pour l'épouvanter. Ils avaient apparemment de bonnes raisons pour cela.

Cette révélation suffirait pour convaincre le public, mais Alfred n'entendait pas en rester là. Il sortit un objet de derrière son dos, et Snouty et Agatha comprirent que le garçon avait réussi à percer entièrement le mystère.

C'était le livre *Dracula.* Alfred le brandit bien haut, puis expliqua d'où il provenait. Dès qu'elle le vit, Sheela enfouit son visage dans ses mains et se mit à sangloter en silence. Il était évident qu'elle aussi connaissait le secret.

– Sur la page de garde, j'ai trouvé une dédicace, précisa le jeune détective. Voici ce qui est écrit :

« À ma très chère Charlotte,
qui adore les histoires qui font peur.
Ton oncle, Bram Stoker »

À ces mots, tout le monde retint son souffle. Cette dédicace était la confirmation que Sheela était la nièce de Stoker, la jeune fille atteinte de catalepsie que sa famille avait cru morte, et pour qui l'écrivain se faisait tant de souci. Mais Alfred voulait en avoir le cœur net, c'est pourquoi il lui demanda directement :

– Sheela, n'est-ce pas la vérité ? Tu es bien la nièce de Bram Stoker ?

Après un instant d'hésitation, la jeune médium se tourna vers le garçon, puis son menton se mit à trembler et elle hocha la tête.

Alfred sourit et se détendit.

Cette fois, la comédie était bel et bien finie. S'appuyant sur le siège devant lui, sir Arthur se leva dignement. Il y avait dans son regard une dureté que les enfants ne lui connaissaient pas. Il se tourna vers Howard Carter, assis au bout de la rangée et tout aussi stupéfait que les autres. Plus rien jamais ne serait comme avant.

– Je ne peux que vous remercier, déclara M. Doyle en haussant la voix pour être entendu de tous. Les disciples ont surpassé le maître. Cette affaire en est la preuve. Merci à nos jeunes détectives. Quant à ces... crapules, elles vont payer pour leurs crimes.

Presque aussitôt, des officiers de police entrèrent dans la salle et se dirigèrent vers la scène pour passer les menottes à Sheela et aux Zancig. Enfin, la vérité avait triomphé.

Épilogue

Snouty était ravie que sir Arthur les ait invités à déjeuner. La petite chienne appréciait beaucoup la cuisine de Mme Watson, en particulier en un jour comme celui-ci, où tout le monde était à la fête.

Le cher Hercule n'avait pas été oublié, ni Alma Reville, qui avait joué un rôle capital dans l'élucidation du mystère du chat momifié, ni Howard Carter, venu leur faire ses adieux avant de retourner en Égypte. Igor aussi avait été convié, mais comme il ne supportait pas la lumière du jour, il avait précisé qu'il ne pourrait être présent qu'après le coucher du soleil.

Alfred avait hâte qu'il arrive, car il lui réservait une surprise qu'Alma l'avait aidé à réaliser et dont il espérait qu'elle lui ferait plaisir.

Mais, pour l'heure, ils devaient discuter de choses importantes.

Après qu'Agatha et Alfred avaient démasqué les Zancig, la majorité de leurs clients avait porté plainte contre eux. Le couple avait été arrêté et se trouvait à présent derrière les barreaux en attendant d'être jugé.

Sheela, quant à elle, avait eu une explication avec sir Arthur et les enfants. Comme Igor, les Zancig l'avaient manipulée. C'est pourquoi la police avait accepté de la laisser en liberté jusqu'au procès. Après l'accident dont elle avait été victime dans son adolescence, Mme Zancig, qui était une vieille amie de sa mère, l'avait persuadée d'abandonner la maison de ses parents pour participer à son spectacle de charlatans. La pauvre Charlotte n'avait pas osé refuser, et les médiums avaient décidé de lui donner un nom d'emprunt pour que les membres de sa famille ne puissent pas la retrouver.

– Autrement dit, son vrai nom est Charlotte Stoker, conclut Alma quand ils lui eurent révélé le fin mot de l'histoire. Je ne suis pas étonnée qu'ils n'aient pas pu la localiser.

– Oui, et ses parents étaient désespérés. Même William Stead, ami du père de Charlotte, l'avait cherchée en vain. Pour finir, ce fut M. Stoker qui retrouva sa trace. Mais quand il tenta d'entrer en contact avec sa nièce, il réalisa que les Zancig exerçaient sur elle une influence considérable. Comme ces escrocs refusaient de la laisser partir, il les menaça de les dénoncer. Mais il n'en eut pas le temps. Ces brigands lui clouèrent le bec à jamais. Ils lui provoquèrent un infarctus pour que sa mort paraisse naturelle.

– C'était donc cela, la véritable intention des Zancig ? intervint Alma. Si Sheela... – je veux dire, Charlotte – les quittait, ils pouvaient dire adieu au clou de leur spectacle.

– Tout à fait, confirma Alfred. Ces maudits charlatans savaient se montrer très persuasifs. Il suffit de voir le nombre de personnes qu'ils ont réussi à berner...

Sir Arthur lança un regard contrit au garçon et se servit une deuxième part de tarte. Puis il leva son verre et trinqua avec Howard Carter, qui avait l'air particulièrement de bonne humeur ce jour-là.

– J'ai réuni les fonds nécessaires pour entreprendre des fouilles dans la Vallée des Rois, annonça-t-il, tout content. Un lord anglais très fortuné m'a encouragé à retrouver mon pharaon.

Agatha sourit en songeant qu'elle aurait donné n'importe quoi pour se joindre à l'expédition.

– À l'avenir, prenez soin de vos clés, le taquina Alfred. Veillez à les avoir toujours sur vous si vous ne voulez pas que les momies vous jouent des tours.

L'archéologue s'esclaffa, mais, au fond de lui, il savait que le garçon avait raison. La prochaine fois, il éviterait de les garder toutes au même endroit. À cause de cela, les Zancig avaient réussi à lui dérober son trousseau pour en faire une copie qui leur avait permis de s'introduire dans le musée et de changer le socle d'Omizou.

– À l'avenir, je tâcherai de ne plus prêter l'oreille à toutes les légendes qui circulent, promit Carter. Cette histoire nous a ouvert les yeux. Nous devons toujours nous en tenir aux faits.

Alfred était tout à fait d'accord. Conserver une ouverture d'esprit était une bonne chose, mais à condition de procéder de manière scientifique.

Le soleil s'était couché depuis un certain temps déjà quand sir Arthur et ses invités passèrent au salon. C'était là que la surprise d'Alfred allait être dévoilée, et tous s'installèrent dans les canapés ou par terre, à même le tapis.

Snouty ne quittait pas Hercule, qui, après la terrible tragédie qu'il avait vécue, était heureux de reprendre une vie normale.

Malheureusement, en sombrant, le *Titanic* avait fait de nombreuses victimes, parmi lesquelles M. Stead. La mort du journaliste avait été confirmée par la

White Star Line, et M. Doyle, tout comme Howard Carter, en était très peiné, car il s'agissait d'un ami très cher.

Cependant, le majordome en avait réchappé. Il avait survécu en s'agrippant aux restes d'un canot de sauvetage et, quand il avait été repêché, il était inconscient et n'avait repris connaissance que plusieurs jours plus tard. Hercule ne comprenait pas comment le couple de médiums avait prétendu lire dans ses pensées. Il trouvait scandaleux que des gens puissent se servir d'une telle tragédie pour gagner de l'argent.

C'est pourquoi, à son retour à Londres, il n'avait pas hésité à prêter main-forte à Alfred et Agatha.

– Heureusement qu'Alma a eu la gentillesse de vous accueillir chez elle, fit remarquer Agatha. Nous ne pouvions pas prendre le risque que quelqu'un vous reconnaisse avant le spectacle. Sans quoi, notre plan aurait capoté.

Mais tout s'était passé comme prévu. Après que les Zancig avaient été démasqués, Mme Miller s'était répandue en excuses auprès d'Hercule. Mais le majordome lui avait répondu que ça n'avait plus la moindre importance, que tout était oublié et qu'il était enchanté d'être de retour à la maison.

La sonnette de la porte d'entrée retentit soudain, et Mme Watson annonça le dernier invité.

Sir Arthur alluma les candélabres du petit salon avant qu'Igor entre dans la pièce. Tous les convives présents l'accueillirent avec effusion. Tous savaient que sans lui l'enquête n'aurait jamais pu aboutir.

Igor salua tout le monde et, quand il serra la main d'Alfred, celui-ci annonça, enchanté :

– Je suis content que vous soyez venu. Nous vous avons préparé une surprise.

Discrètement, Alma s'approcha du projecteur installé au fond de la pièce, et annonça que la projection allait débuter. Agatha prit place à côté de son ami, et tous deux guettèrent la réaction d'Igor.

Alma se mit à actionner la manivelle, projetant un faisceau lumineux sur le mur.

Devant eux, les images filmées par Alfred commencèrent à prendre forme, se transformant peu à peu en un magnifique lever de soleil qui éclairait la Tamise. Igor resta un instant bouche bée, puis laissa échapper un gémissement ému.

À ses côtés, Alfred et Agatha affichaient un large sourire. Sous leurs yeux, la Chambre des lords émergeait tout doucement de la brume. Alfred savait qu'Igor garderait à jamais ces images gravées dans le cœur. Ce vampire-ci avait eu une vie tragique, mais toutes les histoires ne se finissaient pas aussi mal que dans le roman *Dracula*.

Savais-tu que... ?

Le *Titanic* a sombré dans la nuit du 14 au 15 avril 1912, après avoir heurté un iceberg, alors qu'il faisait route pour New York. Plus de mille cinq cents personnes perdirent la vie dans l'accident, dont un grand nombre appartenaient à la haute société anglaise.

Bram Stoker (1874-1912) était un écrivain irlandais devenu très populaire après la publication de son roman *Dracula*. Ruiné et malade, il est mort quatre jours après le naufrage du *Titanic*. La légende raconte qu'il aurait été pris de démence au moment où il rendait son dernier souffle et qu'il aurait crié « *strigoï* » (« esprit malfaisant » en roumain).

La catalepsie est un étrange syndrome du système nerveux qui paralyse le corps. Souvent, les personnes faisant une crise de catalepsie donnent l'impression d'être mortes en raison de l'arrêt apparent de leurs fonctions vitales.

William Thomas Stead (1849-1912) était un reporter réputé pour ses méthodes d'investigation audacieuses. Il a révolutionné le journalisme et fut candidat au prix Nobel de la paix. Il a perdu la vie sur le *Titanic*, et, d'après des témoins, au moment du dîner, le soir même du naufrage, il se serait vanté d'avoir emporté à bord la momie maudite.

Les Zancig (Julius et Agnes), autoproclamés maîtres de l'occultisme, donnaient des spectacles au début du XXe siècle. De nombreux personnages illustres, comme sir Arthur Conan Doyle ou William Stead, assistaient à leurs représentations, convaincus qu'ils possédaient réellement des pouvoirs surnaturels. Heureusement, en 1924, les Zancig finirent par avouer la supercherie parfaitement orchestrée.

Charlotte Sheela Stoker (1883-1969) était vraiment la nièce de Bram Stoker, même si rien n'atteste qu'elle ait jamais souffert de catalepsie.

La momie Amon-Râ a réellement existé. On raconte qu'elle était maudite. D'aucuns prétendent qu'elle aurait provoqué le naufrage du *Titanic* sur lequel elle voyageait à proximité de la cabine de pilotage…

Howard Carter parvint à découvrir son pharaon, en 1922, à Louxor : il s'agissait de Toutankhamon, dont il mit au jour la tombe avec d'autres archéologues.

Le *Daily Mirror* fut le premier journal du Royaume-Uni à annoncer la tragédie du *Titanic*, le mardi 16 avril 1912, deux jours après la tragédie.

L'hospice ou « maison de travail » dont il est question dans ce livre était l'unique refuge pour les habitants malades ou démunis de Londres. Les pensionnaires devaient participer aux tâches communes pour assurer leur pitance. Celui de Cleveland Street se trouvait tout près de la maison de Charles Dickens, qui s'en serait inspiré pour écrire son célèbre roman *Oliver Twist*.

Une figurine égyptienne vieille de trois mille huit cents ans se mit, un beau jour, à tourner seule sur elle-même dans le musée de Manchester. On ne tarda pas à découvrir que la cause de ce troublant phénomène était la même que celle observée par Alfred et Agatha au British Museum.

Sir Arthur Conan Doyle n'a jamais renié l'occultisme. Il considérait la voyance comme une science véritable et en fut un fidèle adepte jusqu'à sa mort.

Tous les archéologues qui découvrirent Toutankhamon moururent peu après avoir ouvert le tombeau, à l'exception de Howard Carter, qui décéda beaucoup plus tard. Très vite, la rumeur se répandit que la momie leur avait jeté un sort, mais sir Arthur Conan Doyle émit l'hypothèse, plutôt convaincante, que les explorateurs avaient été empoisonnés par un champignon microscopique en suspension dans l'air.

MILLER & JONES
Agence de filature
~
27, Brown St. (Bayswater)
~ Londres ~

Agatha Miller

alfred hitchcock